Libre,
seul et assoupi

Romain Monnery

Libre, seul et assoupi

ISBN : 978-2-84626-251-4

© Éditions Au diable vauvert, 2010

Au diable vauvert
www.audiable.com
La Laune 30600 Vauvert

Catalogue disponible sur demande
contact@audiable.com

Première partie

1

Contrairement à toutes les prophéties lues ici et là, la fin du monde n'avait pas eu lieu. Mes études terminées, j'avais survécu à cette dépression postorgasmique qui guette à peu près tous les étudiants lorsque sonne la fin de leur cursus. Comment ? Je n'avais rien fait. Sans but, sans cadre et sans horaires, je m'étais laissé vivre. C'est tout.

Quelques livres, un peu d'ennui, beaucoup de musique, j'avais façonné mes jours de pas grand-chose en les regardant passer d'un œil distrait. Le calendrier rangé au placard, mon esprit avait banni les notions menaçantes d'avenir et de lendemain. J'avais cessé de réfléchir. J'avais dormi.

Et puis le sort voulut me prouver que toutes les bonnes choses avaient une fin. Peu habituée à ce mode de vie qui consiste à se lever dans l'attente d'être assez fatigué pour se recoucher, ma mère me pria d'aller voir ailleurs si le travail y était. Travailler, j'avais essayé le temps de quelques jobs d'été mais, sans que je comprenne pourquoi, l'idée de me payer à ne rien faire n'avait jamais plu à mes patrons. Je les avais laissés dire. Après tout, c'était leur affaire.

Heureusement, je ne courais pas après l'argent. Mon système monétaire était le sommeil et quand je comptais mes siestes en fin de mois, je me voyais millionnaire. « Il faut bien gagner sa vie », protestait ma mère, révoltée. « On ne peut pas forcer sa nature », lui répondais-je. Car j'étais un fainéant, un dur, un vrai que l'idée d'habiter chez ses parents à vingt-cinq ans n'effrayait pas. Mon père voyait en moi le fruit d'une mutation génétique entre l'ours et la couleuvre. Il me traitait de monstre. Pour lui, je n'étais pas un homme. Un fils, encore moins.

Maintenant je me retrouvais dehors, avec pour seul bagage un diplôme bac+5 qui me servait d'oreiller. Sans ressources, il me fallut me rendre à l'évidence : je ne survivrais pas longtemps tout seul. Je n'avais rien, à peine un patronyme. Mon caractère effacé me rendait invisible au point que personne ne s'était jamais souvenu de mon prénom. On me désignait par mes vêtements, ma position géographique ou encore la taille de ma connerie, mais la plupart du temps, on m'appelait *Machin*. Petit, j'étais cet enfant au visage flou sur la photo de classe. Plus grand, j'étais cet adolescent aux traits cachés sous l'acné. Loin de le déplorer, je m'en réjouissais. Je ne demandais que la paix, et l'anonymat me paraissait le plus sûr moyen de l'obtenir. Par ailleurs, les gens ne m'intéressaient pas. Ils me posaient des questions auxquelles je n'avais pas de réponses. Les «Tu vas bien?», «Qu'est-ce que tu fais?» ou «Qui es-tu?» me donnaient la nausée. Le silence que je leur opposais les laissait circonspects, malgré moi. Une couleuvre, un *Machin*, un vaurien... Du moment qu'ils me foutaient la paix, je pouvais bien être ce qu'ils voulaient. Le résultat était le même. Le monde était une jungle et je n'avais pas les épaules d'un Tarzan. C'était la vie, je ne me voilais pas la face.

C'est ainsi que je partis, sans avenir ni culotte, avec ce sourire que les sauriens arborent à la vue du néant.

2

Si ma mère pensait qu'il suffisait de me botter le cul pour me mettre le pied à l'étrier, elle se trompait. Je n'avais pas la moindre idée de l'endroit où j'allais atterrir mais je ne m'en souciais pas. Peu importe où, du moment que je pouvais dormir. À la rue ou ailleurs, ça m'était bien égal. « L'homme de bien n'a pas d'attache », me disais-je. Je souris au soleil qui amorçait sa chute libre et longeai les quais de Saône, à la recherche d'un pont susceptible d'abriter ma nuit. J'en vis de toutes sortes : des grands, des petits, des fortifiés, des vétustes, mais aucun ne me donna l'impression d'un Home Sweet Home.

Après plusieurs heures à battre un pavé jalonné de clochards plus pochetrons que célestes, je dus me faire une raison. Sans un toit pour empêcher que le ciel me tombe sur la tête, je ne passerais pas la nuit.

Je commençais à réfléchir au moyen de rentrer chez mes parents par effraction quand l'idée me vint d'appeler Stéphanie. Stéphanie était une amie que j'avais rencontrée à la fac. À l'issue de nos études, comme tout le monde, elle était partie vivre à Paris. En colocation. Elle avait insisté plusieurs fois pour que je la rejoigne mais, pour des raisons de caractère, j'avais décliné.

La vie, je la préférais en solitaire. Libre, seul et assoupi. Vu sous cet angle, le principe d'une communauté me paraissait tout aussi farfelu que déféquer la porte ouverte. Pourquoi payer un loyer quand on pouvait tranquillement rester chez ses parents sans débourser le moindre sou ? Maintenant, c'était une autre histoire. Je n'avais plus le choix. Cette colocation tombait à point nommé.

3

Je descendis du train avec le sentiment d'entrer en terrain inconnu. Je connaissais Paris de réputation mais pas plus. En guise de comité d'accueil, la capitale m'envoyait une foule dont le murmure me donna le tournis. J'eus une pensée pour le silence, fidèle ami tant chéri, puis je partis sous terre où le bruit faisait sa loi. Dans le métro qui me conduisait à Bastille, un accordéoniste, armé de son seul instrument, exécuta *Mon amant de Saint-Jean* avec ce sourire sadique qu'affichent les bourreaux lorsqu'ils achèvent leurs victimes. Les gens autour de moi ne parurent pas se rendre compte qu'on assistait à la mort de la musique et j'en conclus qu'ils n'avaient pas de cœur. Je m'apprêtais à me réfugier derrière les écouteurs de mon iPod lorsqu'une ombre menaçante s'abattit sur moi. L'accordéoniste. Sans se défaire de son sourire où scintillaient mille dents, il marmonna quelque chose. Comme souvent dans ces cas-là, je fis mine de ne pas comprendre et souris dans l'espoir qu'il aille braquer son arme de destruction sonore ailleurs que sous mon nez. Raté.

D'un geste de la main, il me pria d'enlever mes écouteurs et me cria plus fort :

— Une pièce pour la mousika ?

Sous le coup de la perplexité, je réfléchis au moyen le plus courtois de lui faire connaître mon scepticisme vis-à-vis de son art. Faute de courage et de formule appropriée, un haussement d'épaules me parut suffisant mais l'accordéoniste me fit les gros yeux. Il se retourna, agacé, puis marmonna que j'étais un sale con.

Quand les portes s'ouvrirent, il se lança dans un ultime rappel en crachant sa colère à terre, à quelques centimètres de moi. Pendant tout le reste du trajet, je ne parvins pas à décoller mon regard de cette huître dégoulinante qui prenait vie à mes pieds.

Cette ville, me dis-je, avait une façon bien à elle de me souhaiter la bienvenue.

4

Quel accueil allait-on me réserver à l'appartement ? J'avais conscience d'arriver comme un cheveu sur la soupe. Hormis Stéphanie, je ne connaissais pas mes futurs colocataires. J'avais croisé une ou deux fois Bruno et Valérie, à la fac, mais nous ne nous étions jamais rapprochés plus que ne l'exigeait la courtoisie. J'appréhendais. Signe de mon angoisse, dans l'ascenseur mon cœur battait au rythme des étages qui défilaient. La porte de mon futur appartement m'apparut au détour d'un couloir mais je dus attendre quelques minutes avant de parvenir à frapper.

Stéphanie me sauta au cou comme si j'étais quelque messie annonciateur de bonnes nouvelles. J'aurais aimé la couvrir de cadeaux tel un roi mage mais je n'avais pour seul bagage qu'une brosse à dents accompagnée d'une clef USB. Loin de m'en tenir rigueur, elle m'entraîna dans le salon à petits bonds. Elle me servit un verre de jus de goyave que je n'avais pas demandé et m'avisa, tout heureuse, que j'étais désormais chez moi. J'accueillis la nouvelle d'un sourire empli de gratitude même quand elle m'expliqua, un peu gênée, que j'allais devoir dormir dans le salon avec Bruno.

Moi, ça ne me posait pas de problème. J'étais déjà content d'avoir un toit, les quatre murs pouvaient attendre.

Soulagée, elle tira le rideau qui partageait la pièce en deux et prit une voix de speakerine enjouée pour m'annoncer :

— Voilà ta chambre !

En découvrant le campement de fortune qui allait me servir de chambre, la première pensée qui me vint à l'esprit ne fut pas la plus poétique. « Finies, les branlettes. »

5

Jolie fille dont le sourire faisait de l'ombre aux lampadaires, Stéphanie avait coutume de confisquer les cœurs avec l'air de ne pas vouloir y toucher. Elle était de ces femmes, cruelles, qui savouraient leur pouvoir de séduction en le goûtant du bout des lèvres. Consciente de l'effet qu'elle suscitait chez les garçons, Stéphanie se jouait des sentiments qu'on lui offrait. Elle aimait flirter, charmer, envoûter, mais consommait rarement le fruit de son succès. Ses soupirants n'étaient guère plus que des trophées rangés dans une vitrine. Elle les regardait d'un œil distrait puis leur tournait le dos pour se consacrer à ceux qu'elle n'avait pas encore conquis. Collectionneuse de cœurs brisés, elle faisait tourner les têtes. Peut-être devais-je mon immunité au fait que je n'avais pas la mienne sur les épaules, mais j'étais toujours resté insensible à ses charmes. Nous étions devenus amis sans que la moindre ambiguïté vienne embarrasser nos rapports. Elle m'avait demandé l'heure, je la lui avais donné à peu près, nous avions sympathisé. Rien de plus. Peut-être que mon insistance à me désintéresser d'elle l'incitait à me considérer d'un autre œil, je ne sais pas, en tout cas Stéphanie m'avait toujours respecté.

— Tu n'es pas comme les autres, me disait-elle. Tu ne ressembles à personne.

J'accueillais ses encouragements comme un bulletin météo m'annonçant machinalement : « Il va faire beau. » Sans y prêter attention. Contrairement à Stéphanie, réussir ne m'intéressait pas plus que ça. J'avais fait des études pour repousser l'échéance de l'âge adulte et je n'en attendais rien en retour. Elle, en revanche, avait ce regard serein des gens sûrs de leur force. Elle était convaincue d'une chose : d'une façon ou d'une autre, elle allait devenir quelqu'un. C'était une question de temps. Stéphanie faisait penser à ces personnes qui feuillettent un catalogue de produits de luxe d'un air absent. Elle savait que tous ne lui seraient pas livrés immédiatement mais ne doutait pas que l'avenir finirait par les lui offrir sur un plateau.

Je rencontrai Valérie et Bruno autour d'un convivial plat de spaghettis au ketchup. Cette première soirée me permit d'en apprendre davantage sur chacun d'eux.

Le moins que l'on puisse dire était que Valérie et Stéphanie ne voyaient pas la vie sous le même angle. Redoutant la lumière, Valérie avait toujours évolué dans l'ombre d'un pare-soleil. Durant toutes ses études, elle avait orienté ses choix d'après ceux de Stéphanie qui l'avait prise sous son aile. Bonne pâte, elle s'était alors contentée de suivre, tête basse, en rasant les murs pour éviter qu'on ne la remarque. Avec succès. Mais une fois le cursus universitaire achevé, elle avait mesuré son erreur. Valérie était diplômée pour un métier qu'elle n'aimait pas, entourée de gens qui ne lui ressemblaient pas. Après quelques semaines au sein du service communication d'une grande entreprise où elle avait passé ses pauses à vomir, elle avait donc jeté l'éponge et opté pour une réorientation. Sous la pression de ses parents, elle avait décidé d'intégrer une école de commerce. Pour quoi faire ? Elle l'ignorait. Valérie, tout comme moi, avait ce pouvoir de se faire oublier dans l'instant. Ces similitudes de caractère auraient dû nous rapprocher, mais au contraire. Sa présence me mettait mal à l'aise.

Bruno, lui, rêvait d'être journaliste sportif. Passionné de foot, de basket, de jokari et de tout ce qui, de près ou de loin, ressemblait à du sport, il passait une partie de ses journées vautré sur le canapé à suivre les matchs que lui offraient ses séances de zapping – surtout en l'absence de Stéphanie. Je crus comprendre qu'il n'était pas insensible à ses charmes, ça ne me dérangeait pas du tout.

Dès le lendemain, j'allais mettre à profit mon temps libre pour me chercher une situation. Une nouvelle vie commençait. Laquelle ? Je l'ignorais. Mais je m'endormis dans l'espoir qu'elle soit belle et facile.

6

J'étais un enfant de la génération précaire et, très vite, je compris que viser un emploi dès la sortie de ma scolarité revenait à sauter d'un avion sans parachute. C'était brûler les étapes. Jeune diplômé comme on en trouvait des milliers sur le marché, j'étais de ceux à qui les entreprises disaient « Sois stage et tais-toi. » Les années 2000 étaient fièrement installées sur leur piédestal mais l'esclavage semblait toujours prospérer. Comme tous les vauriens de mon âge qui croyaient encore au Père Noël, je fus dès lors contraint de me faire une raison. Un vrai travail n'était pas envisageable pour l'instant. Je pouvais toujours prendre un job alimentaire, plier des pulls chez Gap ou vendre des Big Mac mais, bon sang, j'avais fait des études.

Je choisis alors de faire un stage en le prenant pour ce qu'il n'était pas : un tremplin vers l'embauche. Quelle embauche ? Je n'en avais aucune idée. J'avais suivi mes études comme on suit un cortège de manifestation. Je m'étais laissé porter par la foule sans me demander vraiment ce que je comptais faire après et j'avais rendu malades les différents conseillers d'orientation que j'avais consultés.

— Mais enfin! Il n'y a aucun métier qui vous fasse envie?
— Non.
— Vous avez forcément un hobby ou une passion?!
— J'aime bien dormir.
— Rien d'autre?
— J'aime bien les pâtes, aussi.

À défaut de me trouver un projet professionnel, je répondis à une annonce. Une boîte de production audiovisuelle recherchait un assistant de rédaction pour constituer des revues de presse et écrire les fiches des présentateurs. Je n'étais pas du genre à me laisser impressionner mais l'intitulé du poste me fit voir des étoiles. Même si je n'avais jamais eu le désir de travailler à la télé, l'image que je me faisais du milieu, artiste et bohème, suffit à me convaincre. Stéphanie me donna sa bénédiction:

— C'est la chance de ta vie, me dit-elle. Fonce!

On m'embaucha sans regarder mon CV. La méthode me parut étrange mais je la pris comme un gage de confiance. Peut-être avaient-ils décelé sous mon t-shirt *Moins que zéro* tout le potentiel dont me parlait Stéphanie. En tout cas, j'avais maintenant un pied dans le show-biz. J'aurais aimé faire preuve de détachement mais, à mon corps défendant, j'en retirais une certaine excitation. Même si mes revenus ne dépassaient pas les trois cents euros, je ne m'en souciais pas. Ce n'était pas la roue de la fortune, certes, mais si je l'additionnais à l'allocation logement, le magot qu'on me proposait suffisait à me payer mon loyer. Et c'était là l'essentiel.

Se posait malgré tout la question des garanties. J'avais en tête de nombreux exemples de stages qui n'avaient débouché sur rien d'autre que de l'escroquerie. Le jour de l'entretien je fis part de mes doutes à mes employeurs qui me répondirent en riant aux éclats :

— Ne t'inquiète pas. Ce sera bon pour ta carrière, tu verras !

J'allais donc renoncer aux siestes, séquestrer mon sommeil et travailler dix heures par jour, week-ends compris, pour un salaire avoisinant la misère mais c'était, selon mes supérieurs, le prix à payer pour la gloire. Je n'en demandais pas tant mais je les crus sur parole. À les entendre, renoncer au présent suffisait à se construire un avenir en or. J'avais beau ne pas être ambitieux, je n'avais rien contre.

7

L'euphorie qui m'avait gagné en signant ma convention de stage s'évapora très vite dans un nuage de doutes. Le rythme de travail qu'on me fit adopter me conduisit à m'interroger. « Ne faisais-je pas tout ça pour rien ? » Les tâches rédactionnelles qu'on m'avait promises étaient sans cesse repoussées au lendemain. Courses, manutention, photocopies, j'étais devenu l'homme à tout faire. Confiné au nettoyage du plateau où se tournait l'émission, je me répétais, sans trop y croire, « Ce sera bon pour ta carrière. » Je ne voyais pas en quoi récurer les toilettes me servirait pour la poursuite de ma vie professionnelle mais j'évitais d'y penser. Stéphanie m'encourageait à ne pas lâcher en me jurant que la plupart des hommes de télévision, de Michel Drucker à Thierry Ardisson, étaient passés par là. Ces modèles qui n'étaient pas les miens me faisaient sourire :

— Tu as raison. Ça vaut le coup de s'accrocher.

Elle ne voyait pas l'ironie, c'était mieux comme ça. Son enthousiasme faisait plaisir à voir, je m'en serais voulu de la décevoir. Et puis, pour la première fois depuis bien longtemps, ma mère, à qui j'avais annoncé mes nouvelles fonctions, était presque fière de moi.

8

Mon statut d'intermittent du spectacle sonnait creux mais il ne manquait pas d'interpeller Stéphanie, prévisible papillon que les lumières les plus artificielles suffisaient à séduire. Fille de province pour qui passer à la télé constituait une fin en soi, Stéphanie nourrissait une fascination sans bornes pour la célébrité. À ses yeux, l'importance d'une personne ne se jugeait ni à son statut, ni à son physique, mais plutôt à sa notoriété. Elle avait lu *Glamorama* sans en saisir l'ironie. Au même titre que l'intelligence ou la générosité, la célébrité était pour elle une qualité. Balzac l'aurait adorée. Le monde du show-business était un pays des merveilles dans lequel elle rêvait de se perdre, dans un bouillon de culture et de tapis rouge. Je n'en faisais peut-être pas vraiment partie, mais je m'en approchais un peu. Si pitoyable qu'elle puisse être dans les faits, mon expérience la fascinait.

Les repas étaient donc l'occasion de me soumettre à des interrogatoires sans fin. Ce que je faisais, qui j'avais vu, elle voulait tout savoir. Jaloux de l'intérêt que Stéphanie prêtait à mes journées, Bruno baissait la tête et serrait ses poings dans l'attente d'un sujet qu'il saurait mieux maîtriser, comme l'état de forme de Zinedine Zidane ou le shoot à 3 points de Tony Parker. Indifférente, Valérie se contentait de se fondre dans le décor en mangeant sa soupe d'un air absent. Un soir où Stéphanie se montra particulièrement admirative et excitée après que je lui eus révélé avoir apporté un verre de jus d'orange à Claude Lelouch («Attends, tu veux dire que tu lui as touché la main?»), Bruno me fit savoir qu'il ne goûtait pas mes récits. À peine les lumières éteintes, sa voix me parvint de derrière le rideau:

— Je vois clair dans ton jeu.

Persuadé que j'étais un rival qu'il se devait de mettre en garde, Bruno me percevait comme une menace:

— Je te préviens, Delarue, j'étais là avant. Alors, show-biz ou pas, Stéphanie, elle est pour moi.

9

Professionnellement, je n'avais pas d'ambition. D'ailleurs, les fonctions dont j'avais hérité ne s'y prêtaient pas. En lieu et place des responsabilités éditoriales qu'on m'avait annoncées, je restais désespérément affecté au nettoyage des sols et aux photocopies. J'aurais pu faire comme les autres stagiaires qui m'entouraient, baisser la tête, me fixer des objectifs et m'aiguiser les dents jusqu'à ce qu'elles rayent le parquet, mais laisser filer la journée me paraissait bien assez. Je musardais dans les couloirs dans l'attente de consignes qui bien souvent se résumaient à « Pousse-toi » ou « Dégage ». Loin de vouloir m'imposer, je préférais disparaître en rasant les murs. Je me réfugiais dans mon coin et m'évadais du monde réel en m'inventant une vie de rock-star. Sous l'impulsion de mon imagination, le balai qui me servait de compagnon se changeait alors en micro et les toilettes que j'étais supposé récurer devenaient un studio d'enregistrement. Les yeux fermés, je n'étais plus le stagiaire, j'étais une idole. Je devenais successivement John Lennon, Stephen Malkmus et Jonathan Richman. J'avais la nonchalance d'Harry Nilsson et la grande classe de Sinatra. Je me prenais pour Prince. Demi-tour. J'étais Michael Jackson. Gants blancs, moonwalk et cris d'extase, j'invoquais Billy Jean. Je signais des autographes sur des faces, des fesses et des seins. Je marquais le sol de mon empreinte, je m'achetais l'Arc de triomphe, je voyageais en sous-marin, j'étais sur un nuage, je vivais comme dans un rêve, j'étais heureux. Malheureusement, il y avait toujours ce moment, inévitable et cruel, où l'un des techniciens rustauds me tapait dans le dos pour me prier d'aller nettoyer fissa le plateau, en criant à la cantonade :

— Putain mais il se croit où, celui-là ?

10

Les perspectives d'évolution professionnelle qui s'offraient à moi ressemblaient aux rayons d'un magasin farces et attrapes. Boules puantes, coussins péteurs, poil à gratter. Après trois mois de nettoyage du plateau, des toilettes, de la photocopieuse et de tout ce que comptait l'immeuble en mobilier, mes supérieurs n'avaient rien d'autre à me proposer que la confection des sandwichs et la préparation du café.

Du fin fond de mon impasse, je me consolais de mon sort en pensant à celui de mes colocataires. Stéphanie était stagiaire, elle aussi, et répondait au téléphone en lieu et place des critiques littéraires qu'on lui avait promises à son arrivée. Usine à stagiaires, le site qui l'employait se voulait une valeur montante du journalisme en ligne mais ne générait pas d'argent. Alors, en attendant la gloire, www.interligne.com exploitait de jeunes diplômés bénévoles dont la rémunération se résumait à des piles de livres estampillés service de presse. Impossibles à revendre. À croire qu'à cette époque écrire sur Internet ne rapportait que des clics et des clous. Bruno, quant à lui, était au chômage et souffrait de migraines consécutives à tout le temps qu'il passait à tourner en rond. Les journaux sportifs ne lui proposaient que des stages et lui ne voulait rien entendre. Il demandait l'impossible : il voulait travailler. Valérie, elle, restait enfermée dans sa chambre pour préparer des concours dont j'ignorais la finalité. À l'image de sa personne, ses aspirations m'étaient totalement étrangères. À la fac, je ne lui avais parlé qu'une seule fois : lors d'un examen de fin d'année, je lui avais demandé de me laisser copier ses réponses, elle m'avait répondu « pas question. » Par la suite, elle m'était toujours apparue comme quelqu'un d'inutile et mon emménagement à ses côtés n'avait rien changé. Nous étions trop éloignés.

Fille de bonne famille pour qui l'argent n'était pas un problème mais un confortable matelas à ressorts, Valérie était devenue la meilleure amie de Stéphanie pour des raisons qui, aujourd'hui encore, me demeurent mystérieuses. Somme d'antagonismes, leur binôme ne manquait jamais de souligner leurs différences. Là où l'une était jolie, l'autre était quelconque. L'une attirait les foules, l'autre attirait les blattes. Car sous le masque trompeur de la fille innocente se cachait en fait une souillon. Ignorant l'existence des mots vaisselle, chasse d'eau, ménage et propreté, Valérie ne nous menait pas la vie dure mais nous la rendait dégueulasse.

Il lui arrivait de rire, bien sûr, mais elle préférait se plaindre. Se lamenter était même son seul passe-temps, un sport qu'elle pratiquait au quotidien en distribuant le bâton pour se faire battre. Martyre dans l'âme, elle aimait courber l'échine. Là où certains disaient «Bonjour», Valérie répondait «Je suis vraiment nulle, hein?» Certains protestaient, lui disaient «Mais non», mais systématiquement la discussion tournait court. J'ignore s'il fallait saluer son pouvoir de persuasion, quoi qu'il en soit les plus sceptiques finissaient par s'en convaincre.

À mes yeux, Valérie était donc l'amie de Stéphanie, et c'est à peu près tout. Un jour où nous étions tous les deux dans le salon, elle me fit toutefois cette remarque à laquelle je ne m'étais pas préparé :

— J'ai l'impression que tu ne m'aimes pas.

Incapable de lui répondre quoi que ce soit de sage et de poli ne remettant pas en cause l'intérêt de sa personne, je pris un air détaché :

— N'y vois rien de personnel. C'est juste que je n'aime pas beaucoup les gens.

11

Chaque matin, le réveil sonnait dur comme fer et m'obligeait à chercher des raisons de me lever. Paniqué, je clignais des yeux en quête de justifications à la nausée que j'éprouvais mais je n'en trouvais pas. J'avais la gorge sèche, la tête lourde et le ventre creux. J'étais un robot vide de sens. Un soir où j'appréhendais de me retrouver face à cette douloureuse prise de conscience matinale, je compris qu'il fallait agir. Il fallait remplir ce vide. Il fallait tomber amoureux. J'ignorais tout de la marche à suivre mais ce ne devait pas être trop compliqué. Tout le monde ou presque y parvenait. Pourquoi pas moi ? Peut-être n'était-ce après tout qu'une question de motivation.

Le lendemain, je me rendis au travail porté par un nouvel enthousiasme. Je n'avais pas besoin de faire un casting pour trouver l'élue de mon cœur puisque d'autres l'avaient fait à ma place. Dans sa grande bonté, la boîte de production qui m'exploitait me faisait côtoyer tous les jours ces sublimes créatures que la nature a dotées d'un physique de télé. Il ne me restait plus qu'à choisir la fille susceptible de me plaire.

Je finis par porter mon dévolu sur Daphné qui, en plus d'arborer un petit minois d'écureuil, présentait une chronique musicale dans une émission du matin. Ce n'était pas la plus jolie, elle paraissait à ma portée. Je pouvais lui parler des Shins, lui offrir une mix tape façon The OC ou l'inviter à un concert des Kings of Convenience. Mais encore fallait-il qu'elle cesse de me considérer comme un meuble car, à ma connaissance, aucune fille n'était jamais tombée amoureuse d'un portemanteau. Je fis donc tout ce qui était en mon pouvoir pour me faire remarquer.

Chaque jour, je traînais dans le couloir attenant à son bureau dans l'espoir, peut-être, de la croiser et de recueillir un sourire. Je lui tenais la porte, lui cédais le passage et la dévorais des yeux. En vain. Elle passait à la télé et moi j'étais le stagiaire, rien de plus, petite chose insignifiante que son statut rendait invisible. J'en étais arrivé à la conclusion que seul un passage de l'autre côté du miroir me permettrait d'exister à ses yeux quand l'occasion se présenta sous la forme d'une heureuse coïncidence. À la recherche de personnes pour garnir le public d'une émission qu'elle devait tourner le soir même, une chargée de production me hurla dessus :

— Hé toi, le stagiaire ! Tu veux passer à la télé ? On a besoin de figurants !

Sans lever les yeux de la photocopieuse qui me servait de bureau, je réfléchis à la perche que me tendait le destin. Bruno avait-il raison ? Dieu existait donc ? Je me mordis les lèvres pour faire taire l'enthousiasme qui me poussait à crier ÉVIDEMMENT puis haussai les épaules :

— Oh, pourquoi pas.

— Parfait, brailla-t-elle. Tout ce que t'auras à faire, c'est venir à l'heure et poser une question qu'on t'aura préparée.

Dans un réflexe d'autocélébration qui me fit perdre la raison, j'aplatis mes lèvres sur le scanner pour tirer trois copies de mon sourire : l'amour et la gloire m'avaient donné rendez-vous le même jour. Il fallait immortaliser cet instant.

12

J'arrivai très en avance. Calquée sur le modèle américain du programme *Actors Studio*, l'émission consistait à questionner un artiste à sa sortie de scène en présence de son public. Le mauvais sort voulut que l'artiste à l'affiche soit une comédienne de seconde zone à qui je n'avais rien à dire mais bon, j'allais passer à la télé. J'allais sortir de l'ombre. Daphné allait me voir.

Quand vint la fin du spectacle, la chargée de production hurla :

— Il est où le stagiaire ?

Je me levai péniblement, répondis qu'il était là le stagiaire, et descendis les marches qui menaient au-devant de la scène. La chargée de production me prit par les épaules et me conduisit au premier rang. Elle me fit asseoir et me glissa dans les mains un papier plié en deux.

— Surtout, tu ne lis pas, me prévint-elle. Tu es filmé,

sois naturel, tu as cinq minutes pour te préparer. Sois bon.

D'une main tremblante, j'ouvris le papier sur lequel était inscrite la question : *Ce sont les scènes de nu qui vous ont rendue célèbre. Vous assumez le fait d'avoir couché pour réussir ?*

J'eus un haut-le-cœur. Je voulus me lever pour protester, mais la voix du chef de plateau m'ordonna de me taire :

— Silence, on tourne !

Je me rassis machinalement et froissai le papier dans ma poche. Plusieurs fois, je le sortis en priant pour que mes yeux m'aient joué des tours mais, à mon grand regret, la question n'avait pas changé.

Des coulisses, la chargée de production me fit de grands signes pour m'indiquer que mon tour serait le prochain. Je relus à la va-vite la question fatidique pendant que le présentateur annonçait :

— Je crois qu'un jeune homme veut vous poser une question un peu coquine...

Sans que je le voie arriver, le micro atterrit dans mes mains et la lumière de la caméra m'aveugla. J'entendis le présentateur rire de ma timidité et l'actrice s'émouvoir de mon jeune âge. Le souffle coupé, je pris mon élan, ouvris la bouche, et puis plus rien. Silence. Impossible de prononcer le moindre mot.

13

Comme toutes les premières fois, celle de mes débuts télé ne fut donc pas mémorable. L'exposition médiatique supposée me donner mon quart d'heure de célébrité avait en fait accouché d'un grand moment de solitude que seul le rire gêné du présentateur était venu interrompre. La comédienne avait profité de mon intervention ratée pour glisser un mot sur la cause des sourds-muets qui lui tenait très à cœur et la caméra s'était éloignée de moi, sans un merci, sans un au revoir, sans même m'offrir le moindre oral de rattrapage.

Les jours suivants, je compris que mon naufrage télévisuel était un mal pour un bien. Ma prestation d'autiste m'empêchait logiquement de prétendre à la promotion sociale nécessaire pour espérer séduire Daphné mais elle me permit malgré tout d'exaucer le souhait de tous les stagiaires : je m'étais fait un nom. Je n'étais plus «machin» ni «le stagiaire» mais «le muet». Dans les couloirs, les gens me souriaient avec un air compatissant. Je reçus un mail du directeur administratif m'annonçant que j'avais droit à une prime d'invalidité. Le producteur me convoqua dans son bureau pour me féliciter du message d'espoir que j'envoyais aux gens «comme moi». La chargée de production s'excusa même de m'avoir maltraité. Aux yeux de tout le monde, j'étais enfin devenu quelqu'un. Pas tout à fait celui que j'espérais mais, handicapé ou non, exister me suffisait. Je n'étais pas muet pour un sou mais si c'était ce qu'on attendait de moi, je pouvais faire semblant. Le rôle me convenait.

Soucieux de ne pas briser le charme dont on m'avait soudain doté, je me contentais de rougir quand on me parlait et ma timidité faisait le reste. Ultime consécration, Daphné finit elle aussi par m'adresser la parole. J'étais à la photocopieuse où je fredonnais dans ma tête *Enjoy the Silence* de Depeche Mode quand nos regards se croisèrent. Elle me sourit. Je rougis. Elle me dit:

— Salut le muet. Excuse-moi de te déranger dans ton travail qui a l'air de la plus haute importance mais y a plus de café, là. Et tu peux me dire à quoi tu sers, au juste, si t'es même pas foutu de surveiller le niveau de cette putain de cafetière?

J'aurais aimé lui répondre qu'elle était dure mais que sa beauté l'exemptait de tout reproche. J'aurais aimé lui réciter un poème à la gloire des lobes de ses oreilles ou de son sourire de rongeur qui me donnait envie de grimper aux arbres. J'aurais voulu lui dire des choses, des belles, des bonnes, des douces, tout plein, tout sucre, mais je n'en avais plus le cœur. J'étais déçu.

Et puis, pour ne rien arranger, j'avais fini par devenir aphone, pour de bon.

14

Les filles, sans me rendre fou, avaient le pouvoir de me laisser sans voix. J'avais donc abandonné l'idée de tomber amoureux : ça me paraissait trop dangereux. Mes journées s'écoulaient maintenant sans mot dire et sans regrets dans la mesure où l'idée qu'on continue à me prendre pour un muet ne me faisait ni chaud ni froid. Du moment qu'on me laissait en paix, je ne demandais rien de plus. Je rattrapais mon temps de parole le soir aux côtés de Bruno avec qui je prenais plaisir à échanger sur le sens de la vie qui nous échappait. Lui et moi n'étions pas les meilleurs amis du monde mais au moins la télévision nous offrait des sujets de débats. Zappant sur les chaînes où le rien à voir se retrouvait compensé par le décolleté de celles qui le présentaient, Bruno et moi discutions romantisme et tailles de seins. Comme souvent, la conversation basculait sur la vision que nous avions de la fille idéale avec pour seule certitude celle de notre désaccord. Bruno les aimait grandes et charpentées, comme Stéphanie. Moi je les préférais petites et mutines. D'un point de vue strictement animalier, nous étions tombés d'accord sur le fait que je préférais les filles au physique de rongeur tandis que lui préférait les physiques chevalins. Nos divergences nous emmenaient dans des conversations sans fin qui viraient alors à l'affrontement.

— En quoi un écureuil serait supérieur à un poney?
— Les écureuils sont malins. Ils sont agiles et montent aux arbres.
— On écrit des livres sur les poneys.
— Les écureuils sont des mascottes de banques!
— Les écureuils n'ont pas de seins, soupirait Bruno.
— Les poneys non plus.
— On peut monter sur un poney.
— Sur un écureuil aussi.
— C'est faux.
— Sale con.

Outre le fait de nous rappeler que nous n'y connaissions rien, ce débat philosophique avait aussi le don de m'énerver car je n'avais jamais le dernier mot. De rage, je changeais de chaîne pour aller voir ailleurs si la volupté s'y trouvait. Mais Bruno me ramenait alors à la raison en hurlant:

— Eh, remets-moi la pute!

Le romantisme avait ses limites.

15

Stéphanie n'aimait rien tant que gravir des échelons. Stagiaire standardiste à ses débuts, elle avait peu à peu réussi à s'imposer comme critique littéraire. Qu'elle le fût de façon quasi bénévole pour ce site internet que personne ne lisait ne lui posait pas de problèmes. L'important, c'était le titre. S'appuyant sur son charme et son sourire majuscule, Stéphanie se débrouillait même pour décrocher des interviews d'auteurs prestigieux qui lui permettaient de réaliser son rêve : tutoyer les célébrités. Un jour où Bruno et moi nous laissions aller à la torpeur de la télévision après minuit, Stéphanie rentra et nous sauta dans les bras, le rouge aux joues, des hourras dans la voix. Elle avait, nous dit-elle, passé une soirée au restaurant en compagnie d'un écrivain lauréat du prix Goncourt. Charmé par ses questions et sans doute par sa plastique, il l'avait invitée à boire un verre en compagnie d'amis

à lui qui présentaient la particularité non négligeable d'être célèbres.
— Vous vous rendez compte?
— Bof.
— Les Goncourt sont connus dans le monde entier!
— Pas ici.
Je lui fis signe de me laisser regarder MTV en paix mais Bruno lui prêta davantage d'attention. Il saisit la balle au bond, la félicita, lui fit part du bonheur qu'il avait à la voir si heureuse et l'accompagna jusqu'à sa chambre dans l'espoir d'un baiser qui ne vint pas. Le pas lourd, il reprit sa place sur le futon en laissant échapper un soupir qui sonnait comme un aveu. Si Bruno se rendait compte d'une chose, c'était surtout que Stéphanie lui échappait. Je le voyais aussi mais je n'osais trop rien dire. Un clip de Belle & Sebastian se chargea de couvrir le malaise qui régnait dans la pièce et je partis me coucher. Les lumières éteintes, j'entendis ce qui ressemblait à des sanglots.

16

Au travail, les choses étaient au point mort. La durée des tâches qu'on m'avait assignées sous le label de temporaires commençait à devenir indéterminée. Le seul travail rédactionnel de mes journées consistait à tenir le cahier des courses. Passé l'épisode de mon apparition télé, j'étais redevenu invisible. J'aurais aimé me convaincre que c'était bon signe, que je faisais partie des meubles, mais c'était se voiler la face : les meubles, au moins, on ne s'amusait pas à leur rentrer dedans pour le plaisir, on les respectait. J'atteignais donc le stade où j'enviais le quotidien des commodes et des tables basses lorsqu'un sursaut d'orgueil me fit commettre l'impensable.

Ce matin-là, je m'étais levé du pied gauche. La tête que j'avais découverte dans le miroir m'avait donné envie de crier «Remboursez!» et la suite ne m'avait pas donné tort. J'avais cassé un lacet, raté mon métro et la fille à qui j'avais souri dans la rue m'avait demandé c'était quoi mon problème. En arrivant dans le bureau qu'on m'avait aménagé derrière la photocopieuse, j'étais d'humeur à lacérer le visage de quiconque m'adresserait la parole. Je n'étais plus un stagiaire : j'étais Wolverine. C'est pourquoi, lorsque la chargée de production aux faux airs de Cruella me hurla de nettoyer la rampe d'escalier qui ne brillait pas assez à son goût, je lui fis savoir qu'elle pouvait toujours courir. Ma réponse lui fit l'effet d'un uppercut au foie.

— Quoi ? Qu'est-ce que t'as dit ? Attends, je crois que j'ai mal compris, là !

— J'ai dit non, c'est pas mon travail. C'est pas pour ça que j'ai signé une convention de stage. J'en ai marre de faire n'importe quoi, je suis pas votre larbin, ça suffit.

Cruella fronça les sourcils et me fusilla du regard.

— Et depuis quand t'es plus muet, toi ?

— Depuis que j'en ai plus envie.

Elle me fixa d'un air incrédule puis se tourna vers les techniciens pour les prendre à témoin :

— Non mais vous l'entendez, ce cloporte ? D'abord il me ment et ensuite il me répond. Qu'est-ce que ça veut dire ? Pour qui tu te prends ? Hein ? De quel droit ?

Je lui répondis que j'en avais le droit si j'en avais envie et que c'était pas une sorcière dans son genre qui allait me dire ce que je devais faire.

La chargée de production déglutit comme si elle

avait avalé son chewing-gum. Elle me regarda droit dans les yeux :

— Tu sais que je peux te faire virer quand je veux ?
— Je crois pas. Vous oubliez que je suis stagiaire.

Elle ouvrit la bouche, réfléchit aux mots aiguisés qu'elle pourrait en sortir, puis la referma. Elle promena ses yeux enragés de son portable à mes mains sales, grogna que ça n'allait pas en rester là et tourna les talons en criant qu'elle en avait ras le cul de travailler avec des putains d'incapables.

17

Le lendemain de l'incident, je fus convoqué dans le bureau du producteur. Cet homme, dont on disait le nom tout bas de peur qu'il ne l'entende et ne fasse tomber la foudre, inspirait autant de crainte qu'Attila le Hun. Il circulait à son sujet des histoires invraisemblables à côté desquelles Godzilla faisait office de Tortue Géniale. La légende disait qu'un jour il avait viré par la fenêtre de son bureau, accessoirement situé au troisième étage, un employé qui avait osé lui demander une augmentation. De la part de cet ogre, je m'attendais donc à tout. Des cris, des coups, des blessures, tout.

Je m'apprêtais à subir un licenciement, du reste bien mérité, mais le sourire avec lequel je fus accueilli m'indiqua qu'il n'était pas à l'ordre du jour. Le producteur me pria de m'installer et me demanda comment ça allait.

— Bien, merci.

— Alors, j'ai entendu dire qu'on avait du caractère?

Je sentis le rouge me monter aux joues. Je bredouillai que ça n'était pas faire preuve de caractère que de vouloir faire le travail pour lequel on avait été embauché mais le producteur me coupa la parole.

— Non, non. Pas de fausse modestie. On m'a dit ce que tu as fait. C'est bien. Ça prouve que t'as des couilles, et tu sais quoi?

— Non.

— J'aime les gens qui ont des couilles.

— Ah?

Le producteur acquiesça et se leva, fit le tour de son bureau et vint se planter derrière moi. Il posa ses mains sur mes épaules et commença ce qui m'avait tout l'air d'être un massage.

— Si je te disais le nombre de couilles molles qui m'entourent, tu ne me croirais pas. Des arrivistes, des hypocrites, des incapables, ah, ça, j'en ai tant que je veux. Mais des gens comme toi, c'est plus rare. C'est précieux.

Je réfléchis à la succession d'événements qui m'avait fait passer du statut d'invisible à celui de précieux. Les mains du producteur se chargèrent de me rappeler que ça n'était pas un rêve. Sous prétexte d'un massage amical, il me broyait les omoplates.

— J'aime les gens de caractère, comme toi. Ce sont eux qui font avancer les choses.

— Vous pensez?
— Bien sûr! Napoléon, Alexandre le Grand, PPDA... Tous ces gars-là savaient ce qu'ils voulaient.
— C'est sûr...
— Tu sais, quand je te regarde je me revois à ton âge.
— Ah oui?
— Jeune, beau, ambitieux, c'est formidable! Mais si tu veux vraiment y arriver, crois-moi, il faut aussi quelques sacrifices... Tu n'es pas d'accord?

L'haleine du producteur sentait le tabac froid. Ses mains m'empêchaient de me retourner et m'obligeaient à regarder le mur sur lequel une affiche proclamait que «Plus cher que gratuit, c'est trop cher». Dans un raclement de gorge, je lui demandai ce qu'il entendait par «sacrifices».

— Eh bien, peut-être que si tu faisais preuve d'un peu de souplesse, ta carrière s'en trouverait, comment dire, assurée?

Le grotesque de la situation m'empêchait de comprendre. Un producteur dont les revenus mensuels dépassaient le PIB de certains pays me proposait de m'aider.

— Je ne comprends pas, répondis-je. Concrètement, qu'est-ce que je dois faire?

Le producteur ôta ses mains de mes épaules pour les ranger dans son dos. Il revint s'asseoir dans son grand fauteuil en cuir et sourit de toutes ses dents. Il s'empara d'un cigare, le fit tournoyer entre ses doigts puis le glissa entre ses lèvres. Il se saisit de son briquet, l'alluma, puis me demanda, droit dans les yeux :

— *Machin*, je vais pas y aller par quatre chemins : est-ce que tu t'es déjà fait sodomiser ?

18

De retour à l'appartement, j'informai Bruno du pacte diabolique que m'avait proposé mon patron et lui demandai conseil sur l'attitude à adopter. La suite de ma carrière semblait tenir à peu de chose. L'air maussade, Bruno soupira. Sans quitter la télé des yeux, il finit par juger qu'on vivait décidément une drôle d'époque où les carrières ne se faisaient plus au mérite mais le pantalon sur les chevilles. J'approuvai en m'asseyant sur ce qui, peut-être, me vaudrait une promotion. Les yeux rivés sur l'affiche de *Brokeback Mountain* qui surplombait la porte d'entrée, je me servis un verre de Coca sans bulles.

En mal de stratégie, je choisis de jouer la montre. Le producteur m'avait dit qu'on reparlerait de cette histoire mais il ne m'avait pas dit quand. J'aurais pu devancer l'appel et partir de moi-même, la tête haute, le bras levé, en claquant la porte, mais ça n'était pas dans ma nature. J'étais un paresseux jusque dans la gestion de mes relations : je préférais qu'on me quitte plutôt que l'inverse. Je laissais donc venir, attendais de voir et m'adaptais. En l'occurrence, je jubilais. Le fait que je sois encore là, contre sa volonté, rendait la chargée de production folle de rage et la voir blêmir à chacune de mes apparitions suffisait à me rendre fou de joie. J'étais une insulte à son autorité. Un crachat sur son honneur. Elle aurait sans doute voulu ma mort mais, à son grand regret, le producteur voulait mon cul. Pas de chance. Au grand jeu du trafic d'influence, je la battais à plates coutures. Profitant de mon aura d'intouchable, je fis tout ce que mon statut de stagiaire précaire m'avait interdit jusque-là : je redevins moi-même. J'arrivais en retard. Je faisais des siestes. Je mettais les pieds sur la table. Je lisais aux toilettes. Mes nouvelles conditions de travail me donnèrent même le courage d'aller voir Daphné pour lui dire :

— Écoute, on va pas se mentir. Tu es jolie mais tu n'as aucun talent. Ton avenir dans ce métier est loin d'être certain mais si tu couches avec moi ça pourrait bien changer. Je passe te prendre après le boulot ? Tu aimes le McDo ?

Visiblement, ma proposition ne fut pas à son goût. Elle me regarda comme si je lui avais demandé de boire un saladier rempli de limaces et me répondit qu'elle en parlerait directement avec le producteur. Quelques heures plus tard, j'étais convoqué dans son bureau. Assis dans son grand fauteuil en cuir, il me félicita pour le tour que j'avais joué à cette conne dont il avait oublié le nom puis me demanda si j'avais réfléchi à notre discussion de la dernière fois. Je fis mine de ne pas me souvenir.

— Laquelle?

Le producteur fit jaillir des éclairs de ses yeux. Il inspira une grande bouffée d'air et posa les mains à plat sur la table en s'efforçant de garder son calme.

— Tu sais très bien de quoi je veux parler.

— Est-ce que ça à voir avec mon indemnité de stage?

Le producteur me considéra d'un autre œil. Croyant voir en moi un interlocuteur plus malin qu'il ne le pensait, il croisa les mains et répondit d'un air malicieux:

— Peut-être. Ça dépend de toi.

— Ah? Et en quoi ça dépend de moi?

— Tu le sais très bien.

Je lui répétai que non, sincèrement, je ne voyais pas.

Lentement, il se leva de son siège et me tourna le dos pour regarder une photo le montrant aux côtés de Jean-Paul Belmondo et d'Alain Delon. La calvitie qui s'étalait sur le sommet de son crâne ressemblait à une coquille d'œuf qu'on lui aurait écrasée sur la tête. Je me demandais s'il était du genre à se tordre le cou dans des jeux de miroirs pour voir l'avancée des dégâts quand il me demanda d'une voix basse et menaçante si je le prenais pour un con.

— Je me permettrais pas.

— Alors, reprit-il. On va pouvoir faire affaire, ou non?

Je soupirai tout ce que mes poumons comptaient d'air et fis mine de réfléchir.

— Au regard des éléments qui sont en ma possession, je pense que je vais devoir m'asseoir sur votre proposition.

Son visage s'éclaira de toutes ses dents.

— Je suis content que tu le prennes comme ça, me dit-il.

Je compris soudain que ma réponse pouvait prêter à confusion.

— On s'est mal compris, je crois.

— Alors ça veut dire quoi? s'énerva le producteur. C'est oui ou c'est non?

— C'est non.

Le producteur fit appel à tout ce que son sang comptait de froid pour se rasseoir sans me quitter des yeux. Il me demanda si je me rendais bien compte de ce que je faisais. Je lui répondis que oui.

— Tu sais ce que ça signifie au moins? Si tu dis non, c'est la fin de ta carrière.

— J'ai cru comprendre, oui.

— Tu es au courant que des milliers de personnes aimeraient être à ta place?

— C'est leur problème.

Je lui souris en haussant les épaules. Son argumentaire ne faisait que confirmer mon choix.

— C'est à tes risques et périls. Mais je te garantis que tu le regretteras. La jeunesse ne dure qu'un temps et le train ne passe jamais deux fois.

L'image d'un train me passant entre les fesses

envahit mon esprit. Un frisson me parcourut l'échine et me fit répéter que oui, j'étais bien conscient de ce que je faisais ou, du moins, de ce que je ne voulais pas faire.

D'une voix blanche et menaçante, le producteur m'ordonna de foutre le camp. Tandis que je quittais d'un pas léger son bureau avec la satisfaction du devoir accompli, il me traita de petit con sans avenir et me jura que la prochaine fois qu'on se croiserait, il me ferait bouffer mon arrogance jusqu'à ce que je chie des regrets en pagaille. Avant de refermer la porte sur mes dernières illusions professionnelles, je lui répondis que ça n'était pas grave :

— De toute façon, je n'étais pas fait pour ce métier.

Deuxième partie

1

Je ne voulais plus travailler, plus sortir, plus me lever. Je voulais me la couler douce et ça tombait bien : j'allais avoir vingt-cinq ans. Après des années d'attente et d'impatience, j'allais enfin toucher le RMI, ce revenu minimum d'insertion dont la mise en place, en 1988, m'avait fait croire en l'avenir. Pour la première fois de ma vie, un anniversaire me donnait envie de sourire.

Dès le lendemain, je me rendis au bureau des services sociaux avec la peur au ventre. J'avais placé tous mes espoirs dans cette allocation et je n'osais penser à ce qui adviendrait si on me la refusait. Je n'avais aucun plan de secours, plus d'argent, et beaucoup trop de paresse. En somme, j'étais dos au mur. Quand la personne chargée d'examiner mon dossier m'annonça sur un ton paternaliste qu'il ne fallait pas m'en faire et qu'on allait s'occuper de moi, je me mordis les lèvres pour ne pas exulter.

En sortant du bureau, j'attendis de tourner au coin de la rue pour sauter de joie et me laisser aller à quelques entrechats suivis de hourras. Enfin ! J'avais trouvé un mécène pour financer ma paresse.

2

Malheureusement, mon moral subissait de nombreuses baisses de régime. Sans emploi, sans avenir, mon présent aux airs de passé décomposé me rendait nostalgique de chaque seconde écoulée. Cette montée de spleen survenait particulièrement le week-end où j'étais rarement d'humeur pétillante. Je veux dire, je m'ennuyais comme les autres jours, mais une irrépressible tristesse venait compléter le tableau. Le week-end signifiait la fin de la semaine et rien que pour ça, je lui en voulais. Les fins, quelles qu'elles soient, avaient le don de me déprimer.

Un samedi où ma gorge se retrouvait nouée par un chagrin sans nom, je voulus donc prendre l'air. Bruno regardait du rugby et il était impensable que je lui propose de m'accompagner. Il hurlait comme un damné. Le temps de passer devant la télé où des brutes se rentraient dedans pour le plaisir, il me fit payer mon erreur :

— Mais dégage, merde! Tu vois bien que ça joue là!

— Raah, c'est bon. Je fais que passer.

— Ouais ben c'est pas une raison, merde!

Le rugby rendait Bruno fou et moi aussi par extension. Sa ferveur sportive m'amusait très souvent mais il arrivait aussi qu'elle me fatigue. Sans but précis, je me mis donc à errer dans Paris.

Ville monde dans laquelle je me plaisais à disparaître, Paris me faisait l'effet d'une fille inaccessible. Comme tant d'autres, elle me paraissait trop belle pour moi. J'admirais son charme, j'aimais son aura, j'enviais son panache mais, convaincu de ne pas en être digne, je n'osais pas vraiment me l'approprier.

Je finis par rejoindre le jardin du Palais-Royal où le spectre de Rastignac s'assit à mes côtés. Avais-je déjà perdu mes illusions, tout comme lui? J'avais pourtant pris grand soin de les noyer à la naissance dans un torrent de nonchalance qui révoltait certains mais me protégeait de tout. On me disait souvent, «Tu passes à côté de ta vie, tu n'en profites pas, tu le regretteras.» Moi je ne répondais rien. Je ne passais pas à côté de ma vie, je le savais. Je la regardais seulement passer comme on regarde passer les heures et j'étais un spectateur comblé. Ne rien faire n'était peut-être pas la meilleure des solutions mais au moins présentait-elle l'avantage d'être sûre.

Incapable de réfléchir assis, je m'allongeai. Fallait-il vraiment faire quelque chose de sa vie? C'était là mon dilemme intérieur. Je me disais que non mais je savais que oui. Les histoires regorgeaient de personnages aux idées fixes et aux buts précis. Mon absence d'ambitions me rendait anormal. À rebours. L'introspection n'était plus à la mode. Au risque d'aller droit dans le mur, l'époque exigeait d'avancer. Ne pas grandir, ne rien devoir, voilà pourtant ce que je voulais. Bien sûr, je n'étais pas dupe. Je savais l'affaire impossible. Pour survivre, il fallait de l'argent, un travail, une famille et bien d'autres choses que ma paresse me rendait inaccessibles.

Une fiente de pigeon me tomba sur l'épaule et se chargea de me rappeler l'équation qui gouvernait mon quotidien. Pour l'instant, ma vie était à chier.

3

Pour sa part, Bruno avait mis de côté son ambition de devenir journaliste sportif.

— J'ai plus de chances d'être élu roi des Belges que de travailler à *L'Équipe*, disait-il.

Quant aux stages, il n'en voyait pas l'intérêt :

— Quitte à faire de la merde, autant être payé.

Faute de mieux, il multipliait donc les petits boulots et fut amené, en l'espace de quelques semaines, à exercer successivement comme vendeur en porte-à-porte, livreur de pizzas, et même croque-mort. Autant de professions qu'il fut contraint de quitter au bout de quelques jours du fait d'un caractère inapproprié à la réalité de ces métiers.

Trop timide pour la vente, Bruno s'était fait licencier après que son supérieur s'était rendu compte qu'il n'osait pas sonner aux portes. Il avait rôdé dans les couloirs des immeubles en espérant que personne ne le surprendrait mais ses errances avaient alerté une vieille femme qui, le prenant pour un cambrioleur, avait appelé la police.

Plus malchanceuse encore fut son expérience de pizza-boy. Penaud, il dut rendre son tablier de livreur après qu'une bande de gamins lui avait tendu un guet-apens pour lui piquer sa mobylette. Le fait qu'il ait ramené le casque et la pizza intacts plaida en sa faveur mais ne suffit pas à attendrir le patron. Bruno s'était fait remercier sans un au revoir, sans un pourboire.

Son expérience de croque-mort ne fut malheureusement pas plus auréolée de succès. Par le biais d'une agence d'intérim, Bruno avait décroché une mission de conducteur de cercueil. Malgré mes mises en garde, il l'avait acceptée avec joie, m'expliquant que là au moins personne ne lui reprocherait de ne pas avoir la gueule de l'emploi. S'il n'avait pas tort sur le fond, il dut très vite se faire une raison. Sa sensibilité l'empêchant de regarder la mort en face, Bruno avait passé son après-midi à pleurer et obligé la famille du défunt à lui demander de partir au motif que ses sanglots faisaient de l'ombre aux leurs.

L'expérience le prouvait: Bruno, pas plus que moi, n'était fait pour travailler. Il refusait toujours de l'admettre; j'ignorais s'il fallait le plaindre ou l'admirer.

4

Un soir, nous étions invités à une réunion d'anciens élèves. L'idée de retrouver mes camarades gargarisés de leur réussite professionnelle qui me montreraient leurs fiches de paie m'enthousiasmait autant qu'un bain de minuit dans un bac à langoustes. Je voyais d'ici les discussions :
— Qu'est-ce que tu deviens ?
— Rien.
— T'en es où ?
— Nulle part.
— T'as un travail ?
— Que dalle.

La confrontation avec ces gens qui mimeraient l'affliction en apprenant ma situation me donnait la nausée. Je préférais encore rester dans mon lit à relire *Demande à la poussière* sans demander mon reste. Stéphanie, pour qui les sorties étaient les remèdes à tous les problèmes, ne l'entendait pas de cette oreille :

— Je ne te laisserai pas déprimer tout seul dans ton coin. Tu peux compter sur moi.

La belle affaire. Lorsqu'elle passa me prendre à l'appartement pour que je l'accompagne à la soirée, j'entrepris, à défaut d'autres arguments, de faire le mort. Le rideau s'ouvrit et Stéphanie me demanda si j'étais là. «Ne t'approche pas, je dors», pensai-je aussi fort que je pouvais. Mon ordre mental ne parut pas fonctionner car je la sentis s'approcher. Un pas, deux pas, trois pas... Je sentais son souffle sur ma joue. Je retenais ma respiration, concentré sur mes paupières que je m'efforçais de garder fermées de la façon la plus naturelle possible, quand une mèche de ses cheveux me fit tressaillir. Je devais avoir l'air aussi naturel qu'un hippopotame en skateboard. Les yeux crispés, les poings serrés, la mâchoire contractée. Elle me posa un post-it sur le front que j'accueillis sans broncher. J'étais sur le point de feinter un ronflement quand elle s'éloigna. Le claquement de la porte d'entrée me notifia définitivement son départ.

Sur le papier qu'elle m'avait collé sur le front, je découvris ce mot:

Mon cher Alceste, la comédie c'est un métier.

5

Fuyant le monde, craignant les autres, j'aurais pu me ressourcer auprès de ma famille mais celle-ci ne l'entendait pas de cette oreille. Le billet de train qu'on m'avait glissé dans les mains pour me mettre à la porte était un aller simple, je ne mis pas longtemps à m'en apercevoir. Deux mois après mon départ, j'étais rentré un week-end pour récupérer des affaires. À cette occasion, j'avais eu le loisir de relever les changements opérés en mon absence. On m'avait fichu dehors pour faire de la place et ma chambre était devenue celle d'une colonie de chats siamois. Ma mère me les présenta comme « de braves bêtes agréables à vivre et moins ingrates que moi », message subtil pour me signifier mon interdiction de séjour. Comme si le fait de me remplacer par une bande de félins oisifs n'était pas suffisant, mes parents avaient également trouvé le moyen de détourner la valeur sentimentale de mes affaires à des fins purement pratiques. Mon skateboard servait maintenant de griffoire, ma batterie de litière et ma bibliothèque avait été vidée de ses livres pour accueillir une collection de souris mécaniques. Pas plus bête qu'un autre, j'avais compris le message : mes parents aimaient les chats... Fort de ce constat, j'aurais pu ne pas les mettre dans la confidence de mon pétrin actuel et me contenter d'une carte postale, sibylline et passe-partout, leur transmettant mon salut du dos de la tour Eiffel.

Seulement, j'avais besoin de réconfort et une douleur au niveau du nombril m'indiquait la nécessité de renouer avec ma mère le cordon qu'elle m'avait fait couper de force. Je pris le téléphone avec des trémolos dans la voix. Qu'allait-on me dire ? Courage ? Dégage ? Résiste ? Raccroche ? J'aurais aimé pouvoir compter sur un soutien poétique et inconditionnel, la promesse qu'un jour je serais un homme, mais j'avais de sérieux doutes.

Dépourvu de toutes ces petites choses qui font qu'une mère trouve en son fils matière à se réjouir, s'enorgueillir et s'ébahir, j'étais redevenu le type même du fils indigne, jamais sorti de l'âge ingrat et encore moins d'affaires. Par précaution, je remis donc mon coup de fil à plus tard et composai le numéro de l'horloge parlante pour écouter le temps qui passe.

6

Après plusieurs jours de recherche, Bruno finit par décrocher un job de surveillant. J'accueillis la nouvelle d'un mouvement de tête approbateur même s'il aurait fallu me torturer pour me faire accepter pareil poste. Bruno allait devenir pion, dans un collège en banlieue. Pour ne rien arranger, l'établissement était réputé difficile. Je lui fis remarquer qu'il était toujours temps de se rétracter mais Bruno ne voulut rien entendre.

Ça n'était pas le job de sa vie, mais c'était un début, disait-il. Surveillant, moi, ça me rappelait *Le Petit Chose* d'Alphonse Daudet, roman que je ne pus m'empêcher de relire en apposant le visage de Bruno sur le corps du héros.

L'expérience me fit rire sans commune mesure jusqu'à ce que je réalise l'état dans lequel Bruno rentrait chaque soir. À le voir en vrai, sa relecture de l'histoire n'avait rien de drôle. Je n'étais pas conseiller carrières mais j'avais dans l'idée que mon pauvre ami ne tiendrait pas assez longtemps pour faire de cette expérience un roman. Il ramenait de ses permanences des humeurs aux notes exécrables, il devint nerveux, irascible, impatient. Le moindre bruit le faisait bondir. Les filles, ou plutôt leur absence, le rendaient malade.

— Où elles sont ? râlait-il. Encore en train de se faire baiser !

Je haussais les épaules d'un air désolé. Toutes les bonnes résolutions professionnelles de Bruno ne parvenaient pas à lui faire oublier la fille qui lui avait volé son cœur sans prendre de gants.

Trop occupée à profiter de la vie parisienne, Stéphanie, elle, ne voyait rien. Nous la croisions quelques fois, lorsque son emploi du temps lui permettait de venir se changer et se refaire une beauté. Elle nous voyait alors dans le plus simple appareil, avachis en caleçon devant la télé, incapables de lui dire autre chose que «Ah, tiens salut», «T'as fait les courses?» L'air pincé qu'elle prenait pour nous répondre m'amenait à penser que nous ne correspondions plus du tout à son type de fréquentations.

Valérie, elle, désertait l'appartement pour des raisons plus obscures. Nous ne lui connaissions pas de relations amoureuses et son insistance à laisser vide une chambre dont elle payait le loyer me laissait circonspect. J'appris plus tard que notre présence la mettait mal à l'aise. Je le comprends, habiter avec des zombies n'était pas sans inconvénients.

À l'image de notre répartition mobilière, notre colocation se scindait peu à peu en deux. Les filles d'un côté, nous de l'autre, nous arrivions à ce stade des relations où les non-dits l'emportent sur les formules de politesse. Toujours prompt à chercher l'origine des problèmes pour se les mettre sur le dos, Bruno commentait la chose en ces termes :

— C'est de notre faute. On ne fait pas le poids, c'est tout... On ne peut même pas leur en vouloir d'aller voir ailleurs, à leur place je ferais pareil : on vaut vraiment rien.

Adepte de sport collectif, il en retenait l'esprit. Que l'on gagne ou que l'on perde, c'était ensemble. Je ne savais jamais s'il procédait de la sorte pour me faire plonger ou pour se rassurer mais au final, le résultat était le même : nous déprimions tous les deux.

Un jour que je me plaignais, pour la forme, des atmosphères dominicales qui me pesaient sur le moral, Bruno eut cette phrase :

— Personnellement je vois pas de différence. Week-end ou pas, pour moi c'est tous les jours dimanche.

7

Certains avaient de la chance, Bruno avait la poisse. C'était mon Gaston Lagaffe à moi, grandeur nature. Je l'observais comme on regarde un film catastrophe avec la certitude qu'il allait se passer quelque chose et, du reste, je ne m'ennuyais jamais. Même entouré de cent personnes, les arêtes dans le poisson, les yaourts périmés, les crottes de chien, les tuiles qui tombent, c'était toujours pour sa pomme. Bruno était le genre de chat noir à faire sombrer un insubmersible. Qu'un de ses ancêtres se soit trouvé sur le *Titanic* ne m'aurait pas étonné. Un jour, le secrétariat de la fac lui téléphona pour le prévenir qu'on avait perdu son diplôme et qu'on ne pouvait plus le lui valider. Un autre, il reçut un courrier par lequel la bibliothèque de sa ville natale lui infligeait une amende pour des bandes dessinées qu'il avait empruntées quand il était enfant. Systématiquement, Bruno me prenait à témoin et me demandait si ça n'arrivait qu'à lui.

Je lui répondais, hilare, que c'était bien possible et Bruno se lamentait :

— Mais pourquoi moi ? Pourquoi ?

Je n'en avais aucune idée mais je contemplais ce phénomène avec une fascination sans bornes. À ce niveau-là de malchance, on ne parlait plus d'amateurisme. Les gens comme lui faisaient carrière à Las Vegas, salariés des casinos, juste pour porter la poisse et faire ombrage aux winners susceptibles de faire sauter la banque. Conscient d'avoir affaire à un être exceptionnel, je réfléchissais aux moyens de monnayer ce talent mais n'en trouvais pas. La perspective de nous voir associés me paraissait de toute façon vouée à l'échec.

8

Entre hauts et bas fulgurants, mon moral me donnait le vertige qu'on éprouve sur une montagne russe plongée dans le noir. D'un jour à l'autre, mon humeur changeait de tête et me la rendait méconnaissable. Fidèle compagnon pour qui l'amertume avait un sens, Bruno tolérait la mienne à sa façon faite de râles et de soupirs en m'expliquant qu'il savait très bien ce que je traversais. Je l'en remerciais d'un sourire qu'il balayait d'un revers de la main :

— Pas de ça entre nous. Les sourires, c'est pour les cons.

Je haussais les épaules en lui laissant la responsabilité de ces propos qu'il ne manquait jamais de contredire dans une grimace qui déballait toutes ses dents.

Après des débuts chaotiques, notre cohabitation avait donc fini par trouver un certain équilibre. Il voyait la vie en gris tandis que moi, selon les jours, je la voyais en rouge et blanc. Le mélange des couleurs n'était pas forcément esthétique mais tenait les idées noires à distance. Les petits différends pratiques avaient aussi trouvé une résolution sous la forme de compromis que nous n'aurions jamais consentis au début. Il se couchait plus tôt, je me couchais plus tard. Il mettait des boules Quiès, je mettais des écouteurs. Il cherchait à qui parler, je ne demandais qu'à écouter. Il ne pissait plus dans le lavabo, je ne chantais plus sous la douche. Au-delà de ces efforts mutuels, nous nous découvrîmes aussi des points communs sur lesquels nous pouvions sceller notre amitié : nous aimions les céréales, les pizzas et les filles mais, par-dessus tout, nous n'aimions pas beaucoup les gens.

Au bout du compte, l'inactivité aurait pu nous opposer. Mais en nous retenant prisonniers dans la même cellule, elle ne fit que nous rapprocher.

Loin de l'effort et du devoir, nous passions nos journées avachis devant la télévision qui nous montrait, en miniature, ce monde que nous redoutions d'affronter.

9

    Un jour, notre morosité finit par nous être reprochée. D'une voix lugubre, Bruno m'annonça que Stéphanie s'était plaint de notre comportement. À ses yeux, nous étions trop sages, trop lisses, trop tristes. Trop chiants, quoi. Elle attendait de nous plus de surprises, plus de spectacles et plus de show. D'un ton monocorde et fataliste, Bruno ajouta qu'il fallait se faire une raison : « De toute façon, elle a raison. On n'y peut rien, on n'est pas des rigolos. » Je voulus protester, lui dire mais non, lui dire enfin, mais je n'en eus pas la force.

10

La question de mon emploi du temps qui revenait à toutes les sauces avait tendance à m'agacer.

— Mais qu'est-ce que tu fais de tes journées? me disait-on.

Je ne savais jamais quoi répondre et c'est pourquoi je ne manquais jamais d'improviser, inventant toutes sortes d'occupations, du pipeau au diabolo. Mais peu à peu une réponse type se dégagea. J'expliquais que je me mettais à la fenêtre et que je fixais les nuages, dans l'attente d'un signe qui, justement, me dirait quoi faire de mes journées.

— Et alors, me demandait-on, quels sont ces signes?

Je répondais que c'était compliqué. Lorsque je regardais les nuages (parce que j'avais fini par me prendre au jeu), j'y trouvais de tout: des visages familiers, des animaux exotiques, des oreillers rembourrés, des vaisseaux galactiques, un peu de tout, mais de raisons d'être, beaucoup moins. Alors, lassé de l'avoir dans les nuages, je finissais systématiquement par baisser la tête. J'étais bien incapable de répondre quoique ce soit à la question du « Tu fais quoi ? »

11

Trois mois s'étaient écoulés depuis mon premier rendez-vous RMI. Comme on me l'avait annoncé, je fus convoqué pour un nouvel entretien censé déterminer si, oui ou non, mon contrat méritait d'être renouvelé. C'était la règle du jeu. Retour à la case départ, comme au Monopoly. Alors, qu'avais-je fait durant ce laps de temps? La question méritait d'être posée.

Selon les brefs calculs que j'avais effectués:

– J'avais dormi plus de mille heures (siestes comprises).

– J'avais vu 72 films (pas que des bons).

– J'avais passé cinq cents heures devant la télévision (des clips, des pubs, des séries).

– J'avais lu 34 livres (que des poches).

– Je m'étais demandé 272 fois ce que j'allais faire de ma vie.

– Je m'étais masturbé pendant vingt heures (mais en plusieurs fois).

En somme, je n'avais pas perdu mon temps. Restait à voir si l'emploi de celui-ci serait du goût de la conseillère censée me recevoir mais, très vite, je compris que non. En arrivant au rendez-vous, une petite femme à l'air sévère vint à ma rencontre.

— Alors, c'est vous le plaisantin ? m'accueillit Mme Froussard en me tendant la main.

Ma conseillère secoua la tête d'un air consterné puis tapota du bout des doigts le dossier sur lequel figurait mon nom :

— Je vais vous lire un extrait de la lettre de motivation que j'ai découverte en ouvrant votre dossier : « Je n'ai rien contre l'idée de travailler du moment qu'on ne m'y oblige pas. » Vous pouvez me dire ce que ça signifie ?

Je haussai les épaules en guise d'incompréhension.

— Je ne vois pas où est le problème.

— Le problème, monsieur *Machin*, c'est que vous avez pris le RMI pour ce qu'il n'est pas : des vacances.

Je protestai comme je pus, arguant du fait que j'avais été à la bibliothèque quasiment tous les jours et que je m'étais cultivé dans l'optique de mon prochain travail. Que j'y sois allé, en vérité, pour lire des mangas ne la regardait pas.

— Écoutez, je ne crois que ce que je vois. Et votre lettre de motivation me montre un jeune homme je-m'en-foutiste qui croit pouvoir profiter des services sociaux pour se payer du bon temps.

— Mais non, pas du tout, je vous assure. Je me suis mal exprimé, c'était de l'humour !

— Alors je vous arrête tout de suite. Qui vous a dit que j'étais là pour rire ? Je vous le répète, le travail, c'est du sérieux. Il n'y a rien de drôle là-dedans.

Je baissai la tête, penaud, en la priant d'accepter mes excuses.

— Je me fous de vos excuses, Monsieur. C'est pour votre bien que je vous dis ça. Vous m'avez l'air de quelqu'un de sympathique, mais il serait temps de grandir. Dans la vie, on ne fait pas ce qu'on veut. Tenez, moi par exemple, je voulais devenir danseuse étoile. Mais je ne viens pas au travail en tutu, vous comprenez ? Vous croyez sincèrement que ça m'amuse d'être là ?

Je commençais à perdre le fil de son raisonnement mais je fis mine de comprendre. Je hochai la tête en guise d'approbation et lui demandai, concrètement, ce qu'elle attendait de moi.

— Je vous mets à l'épreuve. Je vous donne rendez-vous dans deux semaines et si d'ici là vous m'apportez la preuve que vous cherchez activement du travail, alors ça ira. Sinon, eh bien, je me verrai dans l'obligation de cesser le versement de votre allocation.

12

Échaudé par l'ultimatum de ma conseillère, je rejoignis mon lit la tête basse. À moins d'un miracle ou d'un mensonge, j'allais devoir travailler. Muni de colle et de ciseaux, je pris donc les vieilles lettres de refus qu'avait reçues Bruno et me mis au boulot.

En seulement quelques heures, j'en avais déjà détourné trois à mon nom. La démarche prêtait à rire mais le résultat paraissait plus vrai que nature. Quand Bruno rentra et me trouva assis par terre au milieu d'une montagne de faux papiers, il prit un ton navré :

— Dis, ça aurait pas été plus simple d'envoyer un CV, comme tout le monde ? Des lettres de refus, c'est quand même pas compliqué à obtenir. Il paraît même que dans certaines entreprises, ils t'en envoient automatiquement.

Je lui répondis que ça n'avait rien à voir.

— Tu peux pas comprendre. C'est une question

de principe, c'est tout. Et puis, je peux pas prendre le risque de me faire embaucher. Je me connais, je serais foutu d'accepter. Je sais pas dire non.

Bruno prit les faux que j'avais concoctés, les approcha de ses lunettes et fronça les sourcils :

— J'espère que ta conseillère a des problèmes de vue parce que sinon c'est pas gagné…

Je lui répondis d'un grognement que si c'était pour critiquer, c'était pas la peine, et Bruno leva les yeux au ciel. Il laissa échapper un de ces soupirs qui lui donnaient dans le noir des airs de Dark Vador asthmatique puis déclara :

— Franchement je te comprends pas ! Si tu mettais autant d'application pour chercher du travail que pour éviter d'en trouver, tu serais le roi du monde.

Sans lever la tête, je lui rétorquai que ça ne m'intéressait pas.

— T'es vraiment un guignol, me lança Bruno.

— Si le statut de guignol implique l'absence de responsabilité, de pression et d'horaire, alors c'est exactement ce que je cherche.

13

Les deux semaines s'écoulèrent à la vitesse d'un spot de pub. Le matin de mon rendez-vous, je fis mon sac avec fébrilité. J'avais beau m'être préparé à grand renfort de faux documents, j'appréhendais. Pourquoi ? Parce que j'avais promis, juré, craché. Quand ma conseillère RMI m'avait prévenu qu'on se reverrait deux semaines plus tard, j'avais souri en lui assurant que d'ici là, j'aurais du nouveau. Sauf que nous étions le jour J et, à l'exception de mensonges grossièrement découpés, une haleine de vieux lama et deux boutons d'acné sur le front, je n'avais rien de nouveau.

Incapable d'avaler le moindre petit déjeuner, je mis mes contrefaçons dans une chemise en prenant soin d'en faire claquer l'élastique comme s'il s'agissait d'un fouet. Je tressaillis puis me mis en route. Sur le chemin de l'échafaud, je repensai à ces trois mois d'allocation. Bon sang, c'était passé si vite ! J'aurais donné cher pour que ça continue.

En arrivant devant le bâtiment gris des bureaux de l'insertion, je réfléchis à ce qu'il me resterait de ces trois mois. Quelques souvenirs et encore, des souvenirs de pas grand-chose. Du vent, quoi. Mais n'était-ce pas la vie telle que je la concevais ? La dolce vita dont je rêvais petit, faite de vide et de siestes ? Intérieurement, je me maudis de ne pas avoir mis ce temps à profit pour écrire un roman consignant par écrit cet âge d'or de ma paresse. Maintenant, il était trop tard. Ça ne faisait jamais rien qu'un acte manqué de plus à ajouter sur ma liste. Ainsi soit-il. Je pris ma respiration pour me donner du courage puis poussai la porte d'entrée. En arrivant à l'accueil, de ma plus petite voix je demandai Mme Froussard.

La standardiste me répondit, gênée, que Mme Froussard n'était plus là :

— Mais attendez un instant, M. Bellami va vous recevoir.

Voilà qui changeait tout. Je m'étais préparé à affronter une danseuse étoile et je me retrouvais avec Bellami. Que penser de cet aimable patronyme ? Fallait-il s'en méfier comme de cette Beauregard au collège dont le nom ne reflétait en rien le strabisme ? Je nageais en plein doute.

Une voix rauque aboyant mon nom vint me sortir de ma lecture. Je relevai la tête. Au bout de ce cri bestial et retors se dressait, prêt à bondir, un petit bonhomme à l'œil noir et aux dents acérées. Bellami, pensai-je, à nous deux.

— Monsieur *Machin*, me dit-il, voulez-vous bien me suivre ?

Je lui répondis que oui, avec plaisir, et Bellami s'en étonna :

— Ah ben ça alors, vous au moins vous êtes bien aimable.

Sa gentillesse me parut suspecte. Était-ce une ruse ? Un loup-garou grimé en agneau ? Je le suivis jusqu'à son bureau avec la crainte de tomber dans un piège. Il m'ouvrit la porte et me demanda si je voulais bien entrer.

— C'est une question ?

— Oui, c'en est une.

S'agissait-il d'un test ? Étions-nous filmés ? Je me sentais comme un rat de laboratoire. Bellami continuait à m'observer sans laisser paraître la moindre émotion. « Il est fort, pensai-je, un vrai cyborg. » Droit dans les yeux, je lui répondis que d'accord, je voulais bien entrer. Il en parut soulagé, au point de me donner une amicale tape dans le dos.

Je n'eus pas le temps de m'étonner. Bellami me pria de m'asseoir et me demanda quel bon vent m'amenait. Je bredouillai que c'était celui du chômage.

— Je vois, dit-il d'un air grave. Ce n'est pas le vent le plus chaud.

— Ça oui.

— Mais vous gardez le moral, quand même ?

Je lui dis que ça dépendait des jours et du temps. Bellami hocha la tête d'un air pensif

— C'est vrai qu'il n'y a plus de saisons.

— C'est sûr…

— Mais concrètement, reprit Bellami. Qu'est-ce que je peux faire pour vous ? De vous à moi, je suis arrivé la semaine dernière et je ne maîtrise pas encore totalement la marche à suivre.

— Eh bien, j'étais simplement venu pour renouveler mon contrat de RMI.

Bellami se tapa le front de la main. Il se demanda tout haut « où diable il avait la tête » et sortit le contrat de mon dossier.

— Vous savez comment ça marche ?

J'acquiesçai. Il me dit « tant mieux » puis me sourit de toutes ses dents.

Après les formalités d'usage, il se leva pour me serrer la main et me salua comme un prince :

— Mon cher Monsieur, laissez-moi vous dire que ce fut un bonheur de discuter avec vous. Sincèrement. J'ai hâte de vous revoir et je vous souhaite une bonne journée ainsi qu'une bonne santé. Je vous dis à très vite !

Je sortis de son bureau avec cette drôle d'impression qu'on éprouve au sortir d'un rêve, dans l'incapacité de distinguer le vrai du faux. Ça ne pouvait pas être si facile, si ? Le contrat que je tenais dans les mains se chargea de me répondre. Trois mois ! J'étais tranquille pour trois mois encore !

Dans un subtil enchaînement de moonwalk et

de pas chassés, je courus crier ma joie dehors. Un automobiliste manque de me renverser et me traita de « pauvre con ». Je lui souris d'un air goguenard.

14

La nuit, quand Bruno avait le dos tourné derrière son paravent, je dansais comme un damné. Un casque vissé sur les oreilles, je bougeais en cadence, offrant mes chorégraphies survoltées au Paris endormi. Je sautais, je vrillais, j'ondulais. Je me prenais pour Noureev et jubilais de ma jeunesse. Je me sentais vivre, j'exultais, je visais les étoiles, j'oubliais le présent pour faire confiance à l'avenir, j'appréciais la musique et la laissais m'habiter. Sans autre souci que celui de ne pas faire de bruit, je dansais pour le plaisir seul sur mon tapis. Les yeux fermés, je marchais sur la lune, glissais sur le spleen et surfais sur la vague. Puis, une fois que je me démenais sur un morceau de Timbaland, en pleine danse du robot façon Goldorak, la voix de Bruno sortit de la pénombre pour me demander si j'avais pas bientôt fini :

— Hé ! Tu crois que je t'entends pas te branler ?

15

Avec l'assurance de toucher mes allocations pour encore quelques mois, je repris le cours de ma vie normale et regagnai le lit qui me servait de quartier général. J'y réglais les affaires courantes qui consistaient alors à regarder *South Park*, écouter The Streets et relire *Le Petit Malheureux* de Guillaume Clémentine. Un soir, Bruno vint me chercher sous la couette :
— Machin. On a un problème.
— Pourquoi ?
— C'est bientôt l'anniversaire de Valérie.
— Et alors ? C'est son problème, pas le mien.
— Oui, mais Stéphanie veut qu'on lui offre quelque chose.
— Ah. Je vois.
Valérie n'était pas une mauvaise fille mais les affinités ne se discutent pas : nous ne l'aimions guère. Sans l'immunité que lui offrait l'amitié de Stéphanie,

nous l'aurions même sans doute mise à la porte tant nous rendait fous sa manie de nous laisser la charge de ses poubelles, sa vaisselle et ses étrons. D'ailleurs, exepté son problème avec le ménage, nous ne lui connaissions pas de signes distinctifs.

C'est pourquoi, lorsque vint le moment de lui trouver un cadeau, les idées manquèrent à l'appel. Après un léger brainstorming, Bruno écarta l'idée de lui offrir un aspirateur et sortit de sa poche un papier qu'il brandit comme un papyrus sacré.

— C'est quoi ?
— Le plan d'accès au local à poubelles…

L'idée me fit sourire mais je redoutais le pire. Même déguisés en blagues, les reproches pouvaient causer des remous. J'en eus la confirmation quand Valérie comprit la signification du dessin déballé de son papier-cadeau : elle fondit en larmes. Comme frappée par la foudre, elle lâcha la feuille, tourna les talons et partit se réfugier dans sa chambre. Stéphanie ramassa le dessin et se tourna vers nous, mains sur les hanches :

— Vous êtes contents de vous ?

Bruno balbutia, tout penaud, que ça partait d'une bonne intention mais Stéphanie quitta l'appartement en claquant la porte.

16

L'anniversaire de Valérie instaura une nouvelle ère dans la colocation. Après le beau temps venait la pluie.

Bruno broyait du noir car il s'était fait renvoyer de son poste de pion au motif savoureux de «gentillesse excessive». Jugé trop tendre par le proviseur de son collège, il avait reçu plusieurs avertissements l'enjoignant à être plus sévère avec ses élèves. Sous la menace, il avait fini par donner une heure de colle au petit Mehdi qui lui avait collé du chewing-gum dans les cheveux. C'était la cinquième fois de la semaine, ce recours à l'autorité était légitime, mais Bruno le vécut très mal. Malade au point d'en vomir, il fut incapable de retourner travailler le lendemain, le surlendemain, et les jours suivants. En fin de semaine, il reçut un coup de fil du proviseur l'encourageant à trouver un emploi «plus en adéquation avec son caractère».

— Un job qui me convient, commenta Bruno, les bras ballants d'impuissance. Moi je veux bien, mais quoi?

— C'est à moi que tu demandes ça?

Tous les deux au chômage, du temps plein les poches, Bruno et moi aurions pu endosser le costume de fées du logis mais le ménage, dans cette colocation, était devenu persona non grata. Plus personne n'osait prononcer son nom. Jadis, on l'avait plus ou moins entendu tambouriner à la porte le lendemain de soirées arrosées lorsque les cadavres de bouteilles avaient exigé quelques balayages du pied dans le coin de la pièce mais, tacitement, nous avions toujours fait la sourde oreille. Les parts de pizza sous le canapé, les choux de Bruxelles derrière le frigo, les moutons de poussière en pâture, les inscriptions au Nutella sur les murs, les châteaux de vaisselle dans l'évier, nous faisions mine de ne pas les voir. Les effluves de bière fermentée qui se dégageaient des coussins, le parfum de moisissure dans le bac à légumes du frigo, les relents d'égouts sous la douche, les émanations d'urine séchée aux abords des toilettes, nous ne voulions pas les sentir. Les services d'hygiène auraient pu nous arrêter pour maltraitance envers l'hygiène mais nous n'en avions cure. Par la force des choses, nous nous étions adaptés. Question de galanterie: les filles étaient des truies, nous étions devenus des porcs.

17

Entre les paroles de Bruno et ses pensées, il y avait un monde de contradictions. Lorsqu'il affirmait que les filles, c'était fini, Stéphanie, rien que du passé, les sentiments, une poignée de vent, je souriais sans perdre de vue l'essentiel. Bruno se mentait à lui-même. La nuit, je l'entendais se perdre dans des rêves érotiques dont l'héroïne se nommait Stéphanie. Je l'écoutais se tordre de désir entre des sentiments contrastés. En se faisant du bien, il se faisait du mal. Je résistais tout de même à l'envie de le réveiller en me convainquant du fait qu'il avait bien le droit de rêver. Seulement, le pire cauchemar de Bruno finit par prendre forme sous les traits de Chazz, un minet rocker que Stéphanie nous présenta comme son petit copain. Childéric de son vrai nom, Chazz était chanteur dans un groupe qui, disait-il, allait bientôt tout casser : The Joggings. Lorsque Stéphanie nous le ramena la première fois, je fus frappé par sa bêtise. Au-delà de son look, de ses grands airs et de son statut, il se dégageait de sa personne une apologie de l'idiotie que sa façon de saluer ne fit que confirmer. Entre deux clins d'œil, il nous lança :

— Salut les puceaux.

Je faillis en avaler ma langue. Stéphanie, que je pensais assez futée pour nous éviter ce genre de déconvenues, nous avait ramené un con. Si la première impression avait été une compétition, je l'aurais éliminé d'office. Je fis semblant de ne pas entendre, dans l'espoir que la seconde phrase sortant de sa bouche effacerait la première. Mais ce fut pire. Il enleva ses lunettes de soleil et nous annonça solennellement :

— Si vous avez jamais vu de rock-star, c'est le moment d'ouvrir grands vos yeux.

Après quelques minutes de creuse discussion durant lesquelles Chazz eut le temps de nous révéler la marque de son boxer, le montant de son compte en banque et la taille de sa bite, Stéphanie nous annonça qu'elle avait un coup de fil à passer :

— Je vous laisse faire connaissance, entre hommes…

Un ange passa dans le dos du démon que nous avait introduit Stéphanie. Savourant sa victoire, il mâchait bruyamment son chewing-gum d'un air de triomphe. Il embrassa le salon du regard et nous demanda :

— Alors, les filles ! C'est ça votre chambre ?

Bruno haussa les épaules et lui demanda en quoi ça lui posait problème. Chazz répondit qu'il y avait «no problem» et poursuivit en affirmant que c'était plutôt «old school». Sans se départir de ce sourire qui nous l'avait rendu d'emblée détestable, Chazz se rapprocha sur la pointe des pieds pour nous demander d'un ton conspirateur :

— Yo... Je peux vous poser une question ?

J'acceptai, du moment qu'il ne nous demandait pas la taille de nos sexes. Chazz se racla la gorge, scruta le couloir pour vérifier que Stéphanie n'arrivait pas dans son dos, puis murmura d'un sourire carnassier :

— Dites... Elle est comment au pieu ?

Bruno bondit de son siège comme s'il s'était assis sur un nid de hérissons.

— Vous habitez avec elle, se justifia Chazz, c'est pas à moi que vous allez la faire. La colocation, je sais comment ça marche. J'ai vécu avec trois gonzesses et je les ai toutes tirées ! Dans toutes les pièces, à toutes les sauces. Alors me dites pas que vous vous contentez de dormir dans le salon pour lui amener le petit déjeuner au lit, je vous croirai pas !

Bruno serra les poings. Je répliquai à Chazz que non, sérieusement, on n'avait jamais essayé de se la faire, que ça n'était qu'une amie et qu'il fallait pas tout confondre, mais il ne parut pas me croire. D'un mouvement de la main, il se mit à jouer de la flûte. Du coin de l'œil, j'aperçus la rougeur incandescente de Bruno qui m'implorait de changer de sujet. Je ne savais rien de l'art et la manière d'apprivoiser pareil crétin, il fallait improviser.

— Et donc, toi t'es dans la musique? demandai-je.

18

La rencontre avec le copain de Stéphanie s'était finie comme elle avait commencé. Il nous avait serré la main sur un air de « salut les puceaux » non sans nous avoir expliqué, au préalable, qu'il était le nouveau Jim Morrison, qu'il prenait de la coke au petit déjeuner, qu'il connaissait Pete Doherty, qu'il était une bête de sexe, qu'il pouvait tenir des heures, qu'on l'appelait Marathon Man, qu'il avait le QI de « One Stein », qu'il était champion d'autotamponneuses et qu'il considérait Stéphanie comme, allez, une des dix ou douze plus belles filles de son tableau de chasse. Rien de moins. On aurait dit le portrait d'un jeune homme en grosse tête. C'était désolant. Puis Dieu merci vint le moment des adieux. Chazz attira Stéphanie près d'elle, la serra contre lui et lui plongea sa langue dans la bouche façon gorge profonde. Il lui mit la main aux fesses, dit « En voiture Simone » et se tourna vers nous pour nous mettre en garde :

— Bon les gars, mollo sur la coke!

Alors que je les regardais partir en riant vers l'un de ces lieux que Chazz qualifiait de *place to be*, je me fis ces remarques: pourquoi fallait-il que les gens les plus recommandables deviennent aussi détestables une fois en couple? Le fait d'être amoureux exigeait-il forcément de partager un cerveau pour deux? En refermant la porte, je secouais encore la tête de dépit lorsque Bruno s'effondra comme un bonhomme de neige resté trop longtemps au soleil.

La nuit fut trop sombre pour être blanche. Sommeil introuvable, impossible de dormir, Bruno ne respirait plus: il soupirait. De peur qu'il se noie dans ses regrets, je rompis le silence:

— C'est peut-être mieux comme ça.

— Ah ouais, et en quoi? s'étrangla Bruno.

Comme je n'en avais aucune idée, je préférai me taire. Au bout d'un moment durant lequel les cris de joie du bar d'en face nous rappelèrent que ça n'était pas vraiment l'heure pour dormir un samedi soir, Bruno se fit philosophe:

— Au fond, je crois pas qu'on soit fait pour les filles. C'est pas notre truc.

C'était reparti pour un tour. Il me ressortait le couplet du «baissons les bras, c'est mieux comme ça». Pour une raison que j'ignorais, lorsque Bruno tombait à l'eau, il lui fallait toucher le fond pour espérer revenir à la surface. Peut-être était-ce sa manière d'aller au fond des choses, je l'ignore. S'il n'allait pas bien, il faisait en sorte d'aller plus mal.

S'il mettait un genou à terre, sa tête suivait pour aller six pieds dessous. S'il n'avait pas le moral, il le confiait aux mains de songwriters suicidaires qui l'amenaient au bord des larmes. Je ne cautionnais pas ses méthodes mais c'était sa façon de faire. Il noircissait le tableau pour reprendre des couleurs, toujours, et moi je l'écoutais d'un air distrait. Au terme d'un soupir qui me fit l'effet d'un mauvais sort, Bruno reprit :

— Et moi qui croyais qu'on n'était pas assez bien pour elle ! T'as vu le con qu'elle nous a dégotté ? J'en reviens pas ! Tu peux me dire pourquoi elle nous a fait ça ?

— Je sais pas, répondis-je. Peut-être que tu lui as pas laissé le choix…

Comme si l'idée de porter seul la responsabilité de cet échec lui était impossible, Bruno rectifia :

— Ouais, t'as raison. Je pense que c'est de notre faute… On peut s'en prendre qu'à nous-mêmes… On est vraiment des merdes.

19

Les lendemains qui chantent avaient la voix cassée. Incapable de digérer la nouvelle que Stéphanie lui avait fait avaler de force, Bruno passa trois jours au lit. Sans mot dire, sans manger, sans un bruit, Bruno était comme mort. Le salon plongé dans le noir, je fus contraint de m'adapter à ce nouveau mode de vie qui nous donnait l'air de momies. Conciliant, je découvris très vite que la pénombre n'aidait en rien l'éclaircissement des idées. À mon tour, je baissais pavillon. La morosité de Bruno gagnait du terrain. La déprime n'était pas loin, je la devinais aux abois, je la sentais près de moi. Attendait-elle que j'aie le dos tourné pour m'étrangler ? J'étais aux aguets.

Je luttais comme je pouvais contre cette tyrannie du spleen en me réfugiant dans mon iPod. À défaut de multiplier les conquêtes, je multipliais les playlists. Je leur donnais des noms de filles auxquelles j'inventais des caractères.

Zooey était un délice en robe à fleurs. Elle aimait la cannelle et collectionnait les sourires qu'elle portait à son cou. Ses groupes fétiches étaient les Libertines, Gorillaz, Spinto Band et Camera Obscura. C'était une fille pop qui rendait la vie pétillante. Je rêvais à ses côtés de balades au soleil, de piques-niques sur la plage et de baignades à la claire fontaine. À ses côtés, j'étais guilleret.

Olivia était moins enjouée. Pétrie de doutes, elle portait des jeans sous ses jupes et remettait tout en question. D'un charme diffus, Olivia avait les yeux d'un bleu presque transparent qui rendait son sourire invisible. Ses goûts musicaux étaient à son image, charmants mais sans saveur. Elle aimait Travis, CocoRosie, Vincent Delerm. Gentille fille à qui l'on ne peut rien reprocher, Olivia sentait l'ennui de sous les bras. Elle aimait l'amour en missionnaire et ne mettait jamais la langue. Elle était gentille mais un peu vide. À ses côtés, je soupirais.

Et puis enfin, il y avait Dorine. Beauté froide à la peau pâle, Dorine avait un regard de liaison dangereuse dont les clins d'œil m'ensorcelaient. Elle aimait la pluie, trouvait la vie vaine et me parlait de Baudelaire. La musique qui trouvait grâce à ses yeux était celle que font les cœurs quand ils se brisent. Elle aimait Portishead, Elliott Smith, Radiohead et Nico. À ses côtés, la vie prenait des airs de bateau ivre qui tombe, coule et sombre sans jamais toucher le fond. À ses côtés, bien sûr, je déprimais. Et pourtant – allez comprendre – c'est dans ses bras, au son de sa voix et sous ses ordres que le temps me paraissait le moins long.

Au bout de trois jours d'obscurité et de lamentations, je pris la décision radicale de me lever et de nous sortir de ce mouroir. Actionnant le peu de muscles que je n'avais pas encore atrophiés, j'ouvris les stores pour laisser la lumière du jour revenir dans nos vies. Le soleil arborait des couleurs que Van Gogh aurait jugées à son goût. J'admirais le paysage en me disant que tout n'était finalement pas si moche quand une petite voix fataliste venue de derrière m'annonça que « De toute façon ça n'allait pas durer. »

Bruno allait mieux.

20

Preuve que nous n'étions pas tout à fait des ours, notre hibernation nous avait épuisés. Enfermées dans le noir, nos idées avaient fermenté jusqu'à la moisissure ; nous en sentions l'odeur chaque fois que l'un de nous ouvrait la bouche. Il fallait changer d'air.

Comme le hasard fait bien les choses, notre retour à la vie survint le jour où mon ami Guido organisait dans un bar une soirée à thème années 90. Plusieurs de mes connaissances avaient promis de s'y rendre et, pour une fois, je me réjouissais de les retrouver.

J'avais connu Guido au cours de mon stage à la télé où notre incompétence nous avait valu d'être associés. Venu lui aussi pour rédiger les fiches des animateurs, Guido s'était retrouvé assigné au nettoyage du plateau après avoir glissé plusieurs déclarations d'amour sur le prompteur d'une présentatrice qui les avait lues en direct.

Grand séducteur d'un mètre quatre-vingt-dix, Guido ne vivait pas pour la gloire mais pour l'amour qu'il portait à toutes les filles. Le fait qu'elles ne le lui rendent que très rarement aurait pu le désoler s'il avait été du genre à s'apitoyer. « L'important, c'est d'essayer », répétait-il en permanence. Qu'elles soient belles n'était pas un critère. Guido aimait les filles, c'est tout. Les grosses, les naines, les chauves, les borgnes, les velues, Guido les aimait toutes. « La beauté je m'en fous, disait-il. Ce qui compte, c'est la féminité. » Toujours en quête de pièges susceptibles d'attirer les membres du beau sexe, Guido avait récemment découvert que les filles aimaient danser. Depuis, il ne se passait plus une semaine sans qu'il essaie d'organiser une soirée. Lorsque je fis part à Bruno de l'invitation que Guido m'avait envoyée, il m'opposa une fin de non-recevoir au motif que les années 90 ne méritaient certainement pas qu'on les célèbre.

— Mais on s'en fout, lui dis-je. L'important, c'est de se changer les idées.

— On s'en fout pas. Cette décennie a tué la musique !

— Ah ouais ? Et qu'est-ce que tu fais du grunge ?

— Le truc de chevelus en haillons ?

Il avait ses convictions mais moi j'avais des arguments. Je finis par lui faire comprendre qu'il aurait plus de chances de croiser la femme de sa vie dans une soirée dance qu'à un match de rugby et Bruno céda.

— D'accord, je viens. Mais je te promets pas d'être enthousiaste.

Face à ses réticences, je crus préférable de lui cacher que la soirée se tenait dans un bar gay. Je lui promis seulement qu'il ne le regretterait pas.

Contrairement à Bruno, la perspective de la programmation musicale me remplissait de bonheur. C'était l'occasion pour moi de rendre hommage à tous ces génies sous-estimés de l'eurodance qui, de Dr Alban à John Scatman, avaient fait danser mon appareil dentaire et mon acné. Bruno grogna encore une fois qu'il ne pouvait rien y avoir de bon à se replonger dans un passé aussi douteux mais nous nous mîmes en route. Sur place, l'arc-en-ciel de l'enseigne nous souhaita la bienvenue sans que Bruno le remarque. À l'intérieur, la nature du lieu ne fit plus aucun doute. Remplie d'hommes aux abois, la piste de danse ressemblait au générique de la série *Queer as Folk*. Cuir et moustaches. Les sourcils froncés, Bruno me demanda dans quelle entourloupe je l'avais encore emmené. Je fis l'ignorant et lui répondis de toute façon qu'il était mieux là plutôt qu'à l'appartement, dans le noir, à écouter les Smiths en mangeant du saucisson. Il haussa les épaules :

— Au moins là-bas, je sais que personne n'aurait essayé de me le mettre dans les fesses, le saucisson.

Je souris par politesse et Bruno se détendit. Malgré son manque de finesse, sa blague avait brisé la glace. Dans la pénombre saccadée du stroboscope, Guido, installé à une table, nous fit signe de le rejoindre. Il était assis aux côtés d'un petit bonhomme à l'air efféminé.

— Je vous présente Lewis.

Le petit bonhomme à l'air efféminé nous tendit une main molle et moite que nous serrâmes prudemment.

— Appelez-moi Prince Pédé. Je préfère.

Lewis et Guido travaillaient tous deux dans un bar pour arrondir leurs fins de mois. Lewis avait découvert sa vocation de barman en même temps que son orientation sexuelle : au cinéma. Tom Cruise dans *Cocktail* avait changé sa vie pour la lui faire voir en rose. Obsédé par ce film, il en récitait les répliques par cœur comme s'il s'agissait des dix commandements. Guido voyait en Lewis une formidable caution gay pour vendre sa cause auprès des filles tandis que Lewis, lui, voyait en Guido un formidable petit cul qu'il espérait bien prendre d'assaut. En somme, ils avaient des intérêts communs.

Passées les discussions de courtoisie, le prince pédé me fit très vite comprendre qu'il n'était pas venu pour la musique. Alors que les boum diggy diggy boum résonnaient sur la piste comme l'éloge funèbre de mon adolescence, Lewis me demanda si je m'étais déjà fait enculer. Un frisson me parcourut. Les lèvres tremblantes, je lui répondis que non :

— C'est dommage, appuya-t-il d'un clin d'œil. Tu sais vraiment pas ce que tu rates !

— Il paraît, soupirai-je. On me l'a déjà dit.

D'une grande claque dans le dos, mon ami Lothar

détourna la conversation avec le franc-parler qui le caractérisait :

— Eh ben, me dit-il, t'as vraiment une sale gueule ! Tu sors de prison ?

Lothar et moi nous étions connus au collège où les heures de colle partagées s'étaient chargées de nous lier. Moins naïf que moi, il avait compris dès la sortie du lycée qu'un métier n'était pas une passion mais un moyen de gagner de l'argent. Ni plus ni moins. Il m'avait alors laissé me vautrer dans l'oisiveté de l'université pour se diriger vers une prestigieuse école de commerce qui avait fait de lui un homme d'affaires.

De son métier, j'ignorais tout. Trop de chiffres, trop de responsabilités, je n'y comprenais rien. Je savais seulement qu'il gagnait de l'argent mais que ces millions ne l'empêchaient pas de passer ses soirées seul devant son ordinateur à télécharger du porno. Nous en étions au même point mais lui se persuadait du contraire. Il avait la fortune, j'avais la liberté.

Frustré, Lothar considérait mon emploi du temps comme une œuvre d'art contemporain. Il me demanda ce que j'avais fait de ma semaine. Je lui répondis, un peu gêné, que je n'avais rien fait.

— Ah mon feignant ! T'as vraiment tout compris.

La soirée se poursuivit sans surprises. Bruno mit du sirop dans sa bière, Guido se désola de l'ambiance, Lothar demanda où étaient les femmes et moi je fis ce que je pus pour ne pas trop bâiller. Lewis tenta de nous divertir en mimant une fellation sur le goulot de sa bouteille de bière mais, à son grand regret, sa performance ne reçut pas l'attention qu'elle méritait.

Cette nuit s'acheminait doucement vers un échec quand Lothar tenta son va-tout pour l'arracher des griffes de l'ennui.

— Et si on allait dans un peep-show ?

Bruno devint tout blanc. Lothar expliqua que le peep-show, c'était comme le cirque et qu'il fallait y aller au moins une fois dans sa vie.

— Histoire de pas mourir idiot.

Lewis leva les yeux au ciel. Il jugeait grotesque l'idée de voir des filles à poil. Celle de payer encore plus. Moi, je n'avais rien contre. Alors Guido mit tout le monde d'accord :

— On peut toujours aller manger un kebab.

21

Les jours passaient. Sous la pression de l'ennui, je disposais de mes heures comme un enfant joue aux Legos : je les empilais dans l'espoir qu'elles prennent moins de place sur mon emploi du temps. J'avais parfois la tentation de les retourner pour vérifier qu'elles étaient vides mais je m'en abstenais et pensais à autre chose. Je regardais dehors et me demandais alors à quoi ressemblerait le film tiré de ma vie. S'agirait-il d'un drame ? D'une comédie ? De science-fiction ? En tant que personnage principal et producteur exécutif, j'étais bien placé pour savoir que, dans l'immédiat, il n'y avait pas de quoi faire un court métrage. Et pourtant, la question me torturait. Qui choisir pour jouer mon rôle ? Quel réalisateur pour diriger ma vie ? Quelle production pour en financer le vide ? Quelle affiche pour en illustrer le non-sens ? Fallait-il sortir de l'ordinaire pour devenir digne d'intérêt ? Devait-on forcer sa nature pour devenir un héros ? Trois fois rien faisaient-elles une œuvre ?

Je me noyais dans les questions en doutant de ma démarche. Peut-être faisais-je fausse route. Peut-être qu'une vie n'avait rien à voir avec le cinéma. Peut-être l'ennui n'avait-il rien à voir avec l'art. Quand enfin je demandais à Bruno à quoi ressemblerait son histoire si elle venait à être adaptée au cinéma, il me répondait invariablement :

— Une pub. Si ma vie passait au cinéma, ce serait une pub. Ouais, pour des chips ou des produits surgelés… Ou bien un match de foot, mais sans but. Le genre nul, tu vois ? Oh et puis tu m'emmerdes avec tes questions !

22

Les malheurs n'arrivent jamais seuls et nous le savions. Après que Stéphanie nous eut ramené sa moitié, Bruno m'annonça, solennel :

— Maintenant, ça va être au tour de Valérie. Je te parie qu'elle nous ramène un mec avant la fin de la semaine.

Sans être devin, Bruno savait qu'il avait peu de chances de se tromper. En l'absence de la moindre personnalité susceptible de lui dicter la marche à suivre, Valérie s'inspirait de Stéphanie pour organiser sa vie. Quand elle revint accompagnée du garçon pour qui son cœur battait, Bruno me regarda d'un air de « Tu vois, je l'avais dit. » Sans remarquer nos sourires de connivence, Valérie fit les présentations en nous expliquant, des papillons dans les yeux, qu'elle avait rencontré Rodrigo à son cours de salsa.

Nous découvrîmes ainsi Rodrigo. D'un physique qu'on ne pouvait qualifier de facile, il avait séduit

Valérie sans prononcer le moindre mot. La danse avait parlé pour lui.

— Tu te rends compte, me fit remarquer Bruno. Ce type a tout compris. Depuis le temps que je le dis : les beaux discours, ça sert à rien ! Tout ce qui compte, c'est le coup de reins !

Et pour une fois, Bruno avait raison.

Incapable d'aligner plus de trois mots en français, Rodrigo communiquait avec son corps. Dès que l'attention de Valérie se relâchait, il se levait pour faire des pointes et danser le cha-cha-cha. C'était comme s'il lui suffisait de bouger en cadence pour se faire pardonner tous ses péchés. Bruno et moi observions l'artiste dans ses œuvres en tâchant d'assimiler sa méthode de séduction. Le soir venu, chacun de notre côté du rideau, nous nous efforcions de reproduire les chorégraphies de Rodrigo qui, chaque fois, se concluaient par des jurons. Sortis de la *Danse des canards*, Bruno et moi ne savions pas nous trémousser en rythme.

— On peut pas lutter, disait Bruno. Don Quichotte, il a ça dans le sang.

Les filles n'étaient plus seules et s'en félicitaient. En d'autres circonstances, nous aurions pu nous réjouir de leur bonheur. Seulement, nous vivions dans le salon. Et, sous l'effet de l'amour, peut-être, les filles semblaient oublier qu'il s'agissait aussi de notre chambre. Peut-être voulaient-elles partager leur joie de vivre, ne pas nous abandonner, ou juste nous narguer, je ne sais pas. Toujours est-il que, peu à peu, à grand renfort de papouilles, de pelotages et de grosses pelles, notre appartement prit des airs d'orgies romaines avec en fond Bruno et moi, des chandelles à la main et des pulsions meurtrières plein la tête. Nous étions remontés, mais pas après n'importe qui. Rodrigo n'avait rien à craindre. Au contraire, nous l'admirions. Les seuls moments où notre hidalgo ouvrait la bouche, c'était pour annoncer la danse qu'il s'apprêtait à effectuer. Gérer une relation de façon aussi laconique, ça méritait le respect. Chazz, en revanche, c'était une autre histoire. Repaire d'un nid de serpents, sa bouche ne s'ouvrait que pour nous tourner en ridicule. Sa tendance à nous appeler «les glands» nous conduisit même un soir à l'inscrire sur notre liste noire aux côtés du pochetron qui nous réveillait en chantant sous notre fenêtre *Les Démons de minuit*. Chazz était notre ennemi, le cauchemar qui donnait à nos jours la couleur de nuits noires.

23

Je n'avais pas de nouvelles de ma mère et j'évitais de lui en donner. Savoir que je dormais seize heures par jour ne l'intéressait pas. Et m'entendre dire que j'étais un bon à rien qui lui causait bien des soucis ne m'amusait pas plus.

D'un accord tacite, nous étions donc convenus qu'il valait mieux nous perdre de vue pour ne pas prendre le risque de nous brouiller définitivement.

Je pensais que Bruno entretenait de meilleurs rapports avec sa famille jusqu'à ce que je reçoive un coup de téléphone pour le moins inattendu. Au bout du fil, une femme :

— Bonjour Monsieur, je suis la mère de Bruno, votre colocataire.

Mon sang se glaça. La mère de Bruno me détestait depuis le jour de notre rencontre où, après qu'elle m'eut demandé si je cherchais du travail, je lui avais répondu « Pour quoi faire ? » Sachant que, dans sa famille, c'est à la pâte que se mettaient les mains, et non dans les poches, j'étais devenu à ses yeux un parasite, un assisté, un paresseux responsable de toutes les déconvenues professionnelles de son fils. Pris de court, je parvins malgré tout à bredouiller quelques formules de politesse non sans lui demander quel bon vent l'avait conduite à me contacter.

— Je vous appelle au sujet de mon fils.

— Ah ?

— J'aimerais que vous cessiez de semer le trouble dans sa tête.

Je lui répondis que je n'étais pas sûr de comprendre.

— Je n'aime pas l'influence que vous avez sur lui, aboya-t-elle.

— Je ne vois vraiment pas de quoi vous voulez parler. Je n'ai pas la moindre influence sur Bruno, c'est un grand garçon.

— Ah oui ? Alors dans ce cas pouvez-vous m'expliquer qui lui a mis dans la tête que le travail n'était qu'une perte de temps visant à déposséder le peuple de ses loisirs ?

Partagé entre la surprise et l'émotion, je lui répondis que je n'étais en rien responsable des opinions de Bruno mais que je me réjouissais de le voir enfin entendre raison. Tout comme ma mère, elle me raccrocha au nez.

24

Après de multiples allusions plus ou moins diplomates, les filles comprirent que les voir échanger leur salive avec leurs compagnons n'était pas un spectacle dont nous raffolions. Lien de cause à effet, elles acceptèrent de délocaliser leurs ébats pour nous laisser en dehors de leurs histoires. Nous aurions pu nous réjouir d'avoir ce grand appartement pour nous tout seuls mais seulement, nous n'avions rien à y faire. Nous jouions à la console, nous regardions des séries mais il y avait un vide. C'est pourquoi, lorsque la télé refusait de faire son office et nous privait d'un divertissement susceptible de nous faire oublier l'état lamentable de notre vie sociale, nous faisions l'effort de sortir.

Nous avions un bar en face de notre appartement mais nous évitions de nous y rendre. La bière y était chère et le barman cruel : son jeu préféré consistait à nous ignorer. Le maillot de foot qu'arborait Bruno sous sa veste en velours y était peut-être pour quelque chose mais j'avais cessé de le sermonner sur ses costumes depuis que je sortais en pyjama. L'allure fière et la démarche souple, nous nous installions donc en terrasse et regardions les filles. À défaut de nous les serrer, nous nous mettions des coups de coudes quand s'en présentaient qui nous plaisaient. Nous nous mettions au défi de les accoster mais ne le faisions pas. Bruno et moi avions en commun la lâcheté. Alors nous regardions les filles comme on regarde le temps qui passe, avec un sentiment d'impuissance. Parfois, nos esprits s'échauffaient quand nous tentions de définir la femme de nos rêves. Bruno résistait à l'envie d'évoquer Stéphanie tandis que moi, je citais sans trop y croire des actrices comme Kirsten Dunst, Winona Ryder ou Scarlett Johansson. Je n'en pensais pas un traître mot, car je savais que la femme de mes rêves ne ressemblait à personne, mais je jouais le jeu. Bruno, quant à lui, s'enflammait avec pragmatisme. La femme idéale, selon lui, se devait d'avoir des seins sur les fesses.

— Question de pratique. Aménagement de l'espace! Optimisation des compétences!

Je lui répondais que c'était impossible et Bruno hochait la tête en me disant qu'il savait bien. Nous n'avions pas les mêmes raisons mais nous étions d'accord: qu'elle soit en rêve ou de papier, la femme idéale n'existait pas. Ou du moins pas encore.

25

Dois-je le répéter ? J'aimais ne rien faire. Plus que personne. Bruno avait essayé lui aussi avant de se lasser. J'avais tenté de lui montrer comment dompter l'ennui sans se faire dévorer par le vide mais il avait échoué. Passée l'euphorie des débuts, sa liberté lui avait paru oppressante. L'inactivité lui donnait le vertige. Il allumait la télé, l'éteignait, se levait, se rasseyait, ouvrait la porte, la refermait, se grattait la tête puis me demandait « Et maintenant, on fait quoi ? » Question à laquelle je ne me lassais pas de répondre « Mais rien ! »

Sauf que Bruno et le chômage – du moins, tel que je le concevais – n'étaient pas faits pour s'entendre. Je les avais mis en relation dans l'espoir qu'ils apprennent à se connaître, convaincu que les amis de mes amis ne pouvaient que s'apprécier. Erreur. Bruno était de ces gens que l'ennui horrifie. S'encanailler à mes côtés lui paraissait aussi contre nature que de vouloir traverser les murs. C'était pour lui impossible. Je ne fus donc pas surpris quand Bruno revint me parler de vie active.

— Je crois que j'ai envie de travailler, me dit-il un jour.

— Tu ne peux pas dire ça, répondis-je. On n'est pas bien, là?

— Non. J'ai besoin de voir des gens, j'ai besoin de me sentir utile. Il me faut un boulot. Tu comprends?

De nature, je comprenais bien des choses. Mais ça, non. Travailler me semblait être le meilleur moyen de grandir. Et devenir adulte la dernière des choses à faire en ces temps difficiles.

— Tu ne veux pas en profiter encore un peu?
— Mais de quoi?
— De la vie, de l'insouciance, du bonheur, quoi!
— Quel bonheur?
— Ben, le nôtre! Celui qu'on a, là, à rien faire.
— Mais t'appelles ça être heureux, de rester enfermé toute la journée? Moi j'appelle ça être mort.

La question de Bruno me fit réfléchir. Me vint à l'esprit la phrase de Pascal selon laquelle l'homme avait cessé d'être heureux le jour où il avait voulu en sortir. Ou un truc dans le genre.

— En tout cas, on peut pas dire qu'on est malheureux. Tiens, regarde: ils repassent *La Grande Vadrouille* sur le câble!

— Je m'en fous, c'est pas ça le problème. J'en ai marre de cette vie. C'est pas mon truc.

— Alors tu veux faire quoi ?
— Gagner de l'argent.
— De l'argent ? Mais ça changerait quoi ?
— Ça changerait tout.
— Mais c'est des idées, ça ! C'est ce qu'on dit dans les pubs et à l'ANPE. Tu peux me dire en quoi c'est gênant de pas être riche comme un pharaon, hein ?
— Les pharaons mangent pas des pâtes, voilà ce que ça change !
— Eh ben, t'aimes pas ça les pâtes ?
— Nan ! J'en ai marre des pâtes ! J'ai passé l'âge de ces conneries d'étudiant. Le syndrome Peter Pan c'est ton truc, pas le mien. Moi j'ai envie de grandir. Être adulte. Être un homme.

Les propos de Bruno me firent l'effet d'un uppercut. Lui et moi étions différents, je le savais. Mais tous deux nous redoutions l'avenir. Nous ignorions ce que réussir sa vie signifiait et cultivions des idéaux de l'enfance. Je voulais être artiste, Bruno sportif. Ni lui ni moi n'en avions le courage, encore moins la carrure, mais nous partagions quelque chose : le refus de grandir et l'ignorance de ce que nous voulions vraiment. À l'entendre parler de la sorte, je compris que, soudain, Bruno savait. À défaut d'être heureux, Bruno voulait vivre sa vie. Las de l'obscur imaginaire et du flou artistique, il voulait du concret, du pratique, du sonnant, du clinquant, en gros un salaire. De l'autre côté de la fenêtre, les toits de Paris qui avaient assisté à la scène se mirent à briller sous le soleil qui se couchait. Je mis la main sur l'épaule de Bruno et lui dis que je l'enviais. J'aurais donné cher pour être à sa place.

26

Alors que Bruno tâchait de se découvrir une nouvelle vocation sur les recommandations des agences d'intérim, je profitais du beau temps.

Un jour où j'étais occupé à bronzer sur le balcon en écoutant de vieux tubes de la Motown, la fenêtre s'ouvrit pour laisser place à Stéphanie. Frustré de voir l'un de ces rares instants d'intimité s'évaporer devant moi, je marmonnai un bonjour dont l'intonation disait «au revoir». Stéphanie m'annonça qu'elle était contente de me voir et qu'elle voulait me parler depuis un moment.

— On ne se voit plus.

Je lui fis remarquer pourtant qu'elle savait où me trouver mais elle ne parut pas entendre. Les yeux rivés sur l'horizon que les nuages rendaient bien vague, elle me demanda si j'avais des regrets. Je lui signifiai que non, même si je ne voyais pas trop de quoi il était question, quand elle se tourna brusquement vers moi :

— Nous deux, ça aurait pu marcher, non ?

Je faillis en tomber à la renverse. Pris au dépourvu, je répondis que oui, peut-être, enfin, sans doute.

— Alors, pourquoi il s'est rien passé ?
— Parce que... Je sais pas.
— Je te plaisais pas ?
— Euh, si. C'est pas ça, mais... J'en sais rien.

Stéphanie me regarda d'un air triste.

— Tu peux pas toujours te cacher derrière tes « je sais pas ». Un jour, il va falloir grandir, il va falloir faire des choix. Tu peux pas continuer à t'esquiver dès qu'on te demande ton avis. Si tu ne t'impliques pas, tu n'éprouveras jamais rien.

Son laïus me fit l'effet d'une douche froide. Je n'avais rien demandé et voilà que je me retrouvais avec une leçon de vie sur les bras.

— Est-ce que tu es heureux ?
— J'en ai aucune idée ! Pourquoi tu me demandes ça ?
— Parce que tu n'en as pas l'air. Et là, comme ça, les yeux fermés, je peux te dire que tu l'es pas. Tu passes ton temps à fuir. La perspective que quelqu'un entre dans ta vie et bouleverse ton petit équilibre, ça te donne des cauchemars. Tu as peur que les gens prennent une importance que tu ne parviendrais pas à contrôler. Mais tu ne peux pas continuer à te barricader comme dans un château fort. Il faut sortir, s'ouvrir aux autres, grandir, accepter de souffrir...

— Sinon quoi ?

— Sinon ça sert à rien...

Sa phrase résonna dans l'air pendant quelques instants et me retomba dessus comme une massue. Titubant, je m'approchai de la rambarde en quête d'un soutien. Je la serrai de toutes mes forces. Toujours accoudée, Stéphanie continuait à regarder le ciel avec un air perplexe. Des nuages en forme de Barbapapa lui faisaient face. Curieusement, j'eus l'impression qu'elle y voyait autre chose. Gagné par un accès d'émotion, j'eus envie de la prendre dans mes bras pour l'embrasser mais, tétanisé par le vertige, j'en étais incapable. Je voulus donner l'ordre à mes bras de se bouger mais je sentis mon courage se perdre au niveau des coudes. Tant pis. Stéphanie se redressa et soupira :

— Bon, je dois y aller.

Sans tourner la tête, je l'entendis s'en aller. Je fis le compte du temps qu'il lui fallait pour descendre les sept étages. Depuis ma rambarde, je la vis surgir de l'entrée. Elle traversa la rue sans se retourner. En la regardant s'éloigner d'un pas décidé vers la bouche de métro, je compris que j'avais raté quelque chose.

27

Les week-ends se suivaient, identiques et monotones, comme si quelque savant fou s'était amusé à les cloner. Bruno et moi restions enfermés, tributaires des différentes retransmissions sportives, tandis que les filles sortaient en compagnie de leurs amants. Celui de Stéphanie ne manquait jamais de nous demander si « ça marche, la branlette ? », et nous de lui répondre « va te faire foutre ». Une fois seul, Bruno prenait ses aises et se mettait en slip pour regarder le foot. « On est mieux quand on a la paix », me disait-il. Toujours marqué par le discours que m'avait tenu Stéphanie, je commençais à me convaincre du contraire.

Un soir où l'envie d'exister me saisit de plein fouet, j'entrepris de motiver Bruno pour partir à la conquête du monde extérieur. Je prévins Lothar et Guido que nous allions en boîte. Ils accueillirent la nouvelle avec joie et nous rejoignirent à l'appartement dans l'espoir un peu fou que tout pouvait arriver. Nous trinquâmes à la réussite de cette soirée puis, après quelques parties de PlayStation qui virent Bruno jeter sa manette en réclamant la mort de l'arbitre, Lothar suggéra qu'il était l'heure d'y aller. Guido exécuta quelques pas de danse à la manière d'un boxeur puis nous fit savoir qu'il était dans une forme olympique.

L'animation de la rue nous mit du baume au cœur. Côte à côte, dans un remake sans costumes et sans budget de *Reservoir Dogs*, nous nous dirigeâmes vers le quartier d'Oberkampf, réputé pour abriter les filles les moins farouches de la capitale. Devant le premier établissement, dénommé le Tournesol, Bruno nous mit en garde :

— Écoutez, je pense qu'on ferait mieux de laisser tomber. Sérieusement, regardez-nous ! Qui accepterait de laisser rentrer quatre pauvres types dans notre genre ?

Lothar et Guido connaissaient le pessimisme de Bruno qui pouvait contaminer tout un groupe en un clin d'œil, mais quand même. Ils baissèrent la tête avec l'air d'accuser le coup. À l'entrée, le videur nous posa cette question que se posent les hommes depuis la nuit des temps :

— Où sont les femmes ?

Sans même attendre que l'un d'entre nous trouve une réponse appropriée à l'énigme que nous posait le cerbère, Bruno tourna les talons avec un sentencieux « Je vous l'avais dit. »

Deuxième bar. Le videur, qui cultivait une belle ressemblance avec Steven Seagal, nous annonça qu'il s'agissait d'une soirée privée. Bruno commençait déjà à faire demi-tour en déclarant que c'était prévisible quand le videur nous concéda qu'exceptionnellement il nous laisserait rentrer. Je me mordis pour ne pas crier de joie tandis que Guido me faisait un clin d'œil. Tremblant d'excitation nous nous installâmes à une table pour prendre possession des lieux lorsque l'évidence s'offrit à nos yeux : si les apparences n'étaient pas trompeuses, la salle était vide. Pas un chat. Pas un rat. Pas une âme.

Nous essayâmes de boire suffisamment pour trouver belle une vieille femme en pantalon de cuir qui dansait à contretemps sur Claude François, mais le taux d'alcoolémie nécessaire pour un tel changement d'opinion nécessitait un budget boisson bien au-dessus de nos moyens. Au bout de quelques heures au terme desquelles nous dûmes reconnaître la déroute de la soirée, nous nous quittâmes avec le sentiment du devoir non accompli. Lothar me montra Bruno du menton et me jura, entre les dents, que c'était la dernière fois que je lui ramenais ce chat noir. Je ne pus que hausser les épaules. Encore une fois. Il nous salua d'un «adieu» belliqueux et partit à la chasse aux taxis, le couteau entre les dents. Quand je fus à nouveau seul avec Bruno, un voile de morosité me recouvrit les yeux. Je pensais à Stéphanie et à son rocker qui, au même moment, devaient croquer la vie à pleines dents sur le dancefloor du Paris Paris. J'aurais pu être avec elle mais j'étais avec Bruno. J'avais fait un choix. Ce n'était peut-être pas le bon mais il fallait l'assumer. J'avais beau ne rien éprouver pour Stéphanie, une fille qui vous dévoilait ses sentiments donnait forcément à réfléchir. Si seulement j'avais été en mesure de lui répondre, ça aurait été plus simple. La nuit nous enveloppa dans un halo de silence.

28

Une fois guéri de cette fièvre du samedi soir, je repris place au fond de mon lit où l'ennui me paraissait plus tendre que la nuit. Je me levais parfois pour aller à la fenêtre et je regardais tourner le monde du haut de mon balcon en me félicitant d'être à l'abri. Vu d'en haut, ça faisait peur. Pour des raisons que j'ignorais, tout allait trop vite. Les gens semblaient savoir ce qu'ils faisaient, ce qu'ils voulaient, où ils allaient; et toutes ces certitudes me les rendaient détestables. J'étais jaloux. Je ne sortais plus qu'en cas d'extrême urgence. La présence de Bruno suffisait à me donner l'illusion d'une vie sociale même si, malgré tout, je me sentais très seul.

Stéphanie m'avait ouvert les yeux sur ma façon d'être. Je restais au sec, je passais entre les gouttes, mais aussi à côté de l'essentiel. Valait-il mieux s'abriter que s'exposer? Pouvait-on mourir en se réjouissant de n'avoir rien vécu? J'avais longtemps pensé qu'il valait mieux se préserver. Maintenant, Stéphanie m'avait démontré le contraire. Je réfléchis à l'histoire que nous aurions pu vivre elle et moi, à la complicité que nous aurions pu partager. Fidèle à mes principes, je l'avais toujours jugée trop belle et, comme tant d'autres, j'avais pensé ne pas la mériter. De son propre aveu, j'apprenais soudain que j'avais tort. Est-ce que notre couple aurait changé l'histoire ? Aurait-il fait de moi quelqu'un d'autre ? De plus sociable ? De plus ambitieux ? De moins paresseux ? Tout portait à le croire. J'aurais voulu revenir en arrière pour essayer de lui prendre la main, rien que pour voir. Et puis ma raison reprit le dessus, me souffla que c'était mieux comme ça, que Stéphanie n'était pas mon genre, que nous étions différents, qu'elle aurait fini par me faire du mal et m'aurait abandonné. J'en conclus que, finalement, je l'avais échappé belle. Stéphanie et moi, ça n'aurait pas marché.

Mais quand même. Peut-être fallait-il cesser d'envisager les choses sous l'angle de leur fin. Peut-être devais-je me résoudre à changer. À trop penser aux conséquences, peut-être m'étais-je privé de bonnes causes. Les paroles de Stéphanie avaient ouvert un vide que le sommeil, la musique ou les séries ne suffisaient plus à combler. Même s'il me coûtait de l'admettre, j'avais des carences affectives qui s'expliquaient simplement : il me manquait quelqu'un.

29

J'eus toutefois une brève aventure.
Un soir où je fixais le plafond dans l'espoir d'y voir un peu plus clair, je découvris un papillon de nuit endormi juste au-dessus de mon lit. Plutôt que de le tuer, je choisis de l'adopter pour me tenir compagnie. Après lui avoir donné le nom d'Icare, je le pris sous mon aile avec la ferme intention de le laisser rentrer dans ma vie. Très vite, je compris que lui et moi partagions les mêmes centres d'intérêt. Icare, par exemple, n'était pas du genre à voleter pour ne rien dire. Préférant musarder sur les murs plutôt que d'aller se brûler les ailes à faire des loopings au-dessus de l'halogène qui auraient pu lui être fatals, Icare réservait ses mouvements à la satisfaction de ses besoins vitaux qui, à ma grande joie, semblaient calqués sur les miens. Quand je me levais pour aller aux toilettes, Icare démarrait au quart de tour et m'accompagnait avec l'air de dire

«Ça prendra le temps que ça prendra.» Il avait des joies simples et se faire chier ne lui posait pas de problème. Il était mon double, mon alter ego parasite.

Dans l'optique d'approfondir notre relation, je lui fis découvrir la grande musique. Les Beatles, les Kinks ou encore les Beach Boys. Mais ce qui lui faisait battre les ailes, c'était la variété française. Il suffisait que je lui mette du Polnareff ou du Christophe pour qu'il papillonne en se prenant pour un oiseau de nuit. Il était comme ça : il aimait *La Dolce Vita*. Fan de séries, Icare aimait les sitcoms que je regardais. Comme moi, *Seinfeld* le faisait se tortiller de rire. Il avait de l'humour. Nous étions faits pour nous entendre.

Cependant, les repas étaient sources de conflits : il ne goûtait guère les miettes que je lui rapportais du Quick. Il surveillait sa ligne. La nuit, quand Bruno dormait, je lui parlais à voix basse. Je lui faisais part des tracas que m'inspirait le quotidien. Je lui disais qu'il était beau, qu'il avait de l'allure mais qu'il fallait garder les pieds sur terre. Il jouait au modeste mais je voyais ses ailes rougir. Je lui posais aussi des questions existentielles. Cautionnait-il ma dépendance au RMI ? Savait-il ce que signifiait «réussir» ? Avait-il déjà connu l'amour ? Son mutisme me laissait penser qu'il n'en savait rien mais je ne l'en aimais que plus : il savait écouter sans se mettre en avant. C'était un bon compagnon.

Un matin, je découvris qu'Icare n'était plus là.

Au- dessus de mon lit, il y avait un grand vide. Parti je ne sais où sans même me laisser une adresse, Icare me démontra une fois encore qu'on ne pouvait compter sur personne, pas même sur un foutu papillon.

30

Les jours passaient, les semaines, les mois. Mon conseiller RMI était devenu mon confident. Je me livrais à lui comme à un proche. Je lui envoyais par mail un compte rendu de mes activités, le titre des films que j'avais vus et des livres que j'avais lus. Il me répondait, inquiet : « Mais prenez-vous le temps de dormir ? » Je laissais planer le doute mais il le savait bien. Régulièrement, j'allais le voir pour lui assurer que je n'avais toujours pas de travail et que j'étais loin d'en trouver. Il me tapait dans le dos, m'appelait « mon pauvre ami » et me disait à la prochaine.

Un jour où les politesses et les considérations météorologiques ne suffirent plus à combler le blanc de nos conversations, il eut l'idée de me faire passer un bilan de compétences dans un cabinet spécialisé en ressources humaines. Je me savais bon à rien mais je m'y rendis quand même, par politesse. Et puis, j'étais aussi curieux de voir les compétences qu'on me trouverait. Mon père, qui m'en avait longtemps cherché avant de capituler, avait conclu que j'en étais dépourvu. S'était-il trompé ?

On m'accueillit en me donnant du « Monsieur, bienvenue » et je me sentis important. On me posa tout un tas de questions sur ce que j'aimais, ma couleur de prédilection, ma saison favorite et mes yaourts préférés, qui devaient me dit-on révéler ce pour quoi j'étais fait dans la vie. Je fus incapable de répondre à la moindre de ces questions : en vérité, je n'en savais rien. Je n'avais pas plus de goûts que de personnalité.

Après qu'on m'eut expliqué que « ça dépend des jours » n'était pas une façon d'envisager les choses, on me confia à une spécialiste comportementale. Elle me demanda pourquoi, selon moi, j'étais au chômage. Je choisis de mentir en partie. Je lui répondis que j'étais sans emploi parce que le monde allait mal et que travailler ne suffisait pas pour l'oublier. Elle leva les yeux au ciel et me demanda pourquoi les jeunes d'aujourd'hui étaient si défaitistes. Je lui dis que je n'en savais rien non plus. C'était dans l'air, c'est tout. Elle regarda mon CV et me demanda si c'était une blague :

— Vous appelez ça un CV ? Moi j'appelle ça un paillasson.

Il fallut que je lui présente mes excuses. Elle m'invita à retirer les non-sens que j'avais mis sous la rubrique hobbies, au motif que la sieste et la masturbation n'étaient pas des passe-temps dont on se vantait sur un CV, puis elle me mit dehors. Je la revis tous les jours pendant une semaine durant laquelle je dus me plier à de nombreux exercices.

On me demanda mes exigences :

— Qu'attendez-vous d'un travail ?

— Qu'il ne soit pas trop fatigant. Et un peu créatif.

On me fit passer des tests, des tests, encore des tests à l'issue desquels on m'annonça que les métiers qui me correspondraient le mieux seraient ceux de prothésiste dentaire ou de détective privé. À mon tour, je dus leur demander s'il s'agissait d'une blague. On me jura que non. Les seuls métiers créatifs en rapport avec mes compétences étaient ceux-là. D'ailleurs, me suggéra-t-on, rien ne m'empêchait de mener les deux activités de front. Je fis remarquer qu'il n'y avait rien de créatif à suivre les gens et à façonner des fausses dents mais on déplora ma mauvaise foi. À leurs yeux, je ne valais rien de plus. Les résultats étaient formels : je pouvais m'en plaindre ou m'en contenter, ça n'était plus leur problème. Par précaution, je choisis de ne rien dire.

En parallèle, j'observais l'ascension de Stéphanie avec une attention particulière. Profitant des relations de Chazz, son petit ami censé révolutionner le monde de la musique, Stéphanie travaillait maintenant comme chargée de production à la télé, avec un succès qui m'avait fait défaut. Son carnet d'adresses augmentait à mesure de ses rencontres. Elle avait ce truc que je n'avais jamais eu : elle aimait les gens. Je regardais sa carrière décoller là où la mienne s'était arrêtée. La possibilité que j'aie tout gâché me hantait. Le nez collé à la fenêtre, cherchant dans les nuages une hypothétique source de distraction, j'avais du mal à me convaincre du contraire.

Valérie aussi s'en sortait plutôt bien. Ses cours en école de commerce lui donnaient peu à peu la confiance qui lui avait toujours fait défaut. Ses dents s'allongeaient, son dos se redressait et ses yeux arboraient un nouvel éclat. L'idée de s'autoapitoyer ne lui traversait plus l'esprit. C'était une femme d'affaires. Elle continuait la danse aux côtés de Rodrigo mais nous savions que, d'ici peu, elle serait en mesure de le quitter pour un partenaire plus fortuné.

Chacun à leur rythme, mes colocataires avançaient. À considérer que nous étions partis du même point, nos trajectoires formaient sur le papier une étoile des mers. L'usure de nos relations et la lassitude de la cohabitation nous donnaient des envies d'ailleurs mais l'état du marché immobilier ne nous laissait pas le choix. Il fallait encore se supporter quelque temps.

31

Déranger Bruno pendant un match, c'était comme sortir un ours de son hibernation : une prise de risque insensée qu'il était préférable d'éviter. En ce mois de juin de l'année 2006, le hasard du calendrier voulut qu'il y ait la coupe du monde en Allemagne. Quand Bruno m'en informa, les larmes aux yeux, en me jurant que ce serait le plus bel été de notre vie, je sentis qu'on allait au-devant de gros problèmes. J'étais bien placé pour le savoir : si le moindre élément extérieur venait parasiter son immersion footballistique, il allait y avoir du grabuge. Par bonheur, la compétition suivit son cours sans que Chazz se manifeste.

Après avoir évité l'élimination de peu, l'équipe de France monta en puissance et surprit tout son monde en accédant à la finale. Un miracle. La tension était montée au fil des jours jusqu'à ce 9 juillet où Bruno me tira du lit, les yeux injectés de sang.

Il m'annonça, solennel, que nous avions rendez-vous avec l'histoire.

— On peut le faire, je te dis. On peut le faire!

Intenable, il passa la journée dans un état de manque. Tremblements, pâleur, nervosité : tous les symptômes de la toxicomanie étaient réunis. Conscientes de la nervosité environnante, les filles avaient pris soin jusque-là d'éviter l'appartement tant que le foot y était roi mais ce soir-là, Valérie fit l'erreur de vouloir rentrer chez nous, qui, accessoirement, était aussi chez elle. Comme le soir de la ligue des champions où j'avais été sommé de patienter dehors le temps que le match se termine, Bruno avait bloqué la porte au moyen de la chaîne de sûreté. Quand la porte s'entrouvrit et que Valérie montra le bout de son nez pour essayer de comprendre ce qui se passait, Bruno hurla :

— T'as rien à faire ici! C'est jour de foot.

Il répéta qu'il ne voulait pas de parasites un jour historique comme celui-ci mais Valérie ne se laissa pas démonter. Pour le calmer, elle assura vouloir regarder le match avec nous. Bruno fronça les sourcils. Signe d'intense réflexion, il se gratta la barbe de haut en bas comme s'il avait des puces puis finit par marmonner d'accord en la menaçant du doigt :

— Mais je t'ai à l'œil, hein!

Valérie s'installa à nos côtés en gloussant d'excitation. Elle était heureuse de nous retrouver et avait hâte de voir son premier match de foot. Elle demanda contre qui jouait la France. Quand je lui répondis que c'était l'Italie, son visage s'illumina :

— Oh génial !

Bruno la regarda d'un drôle d'air :

— Comment ça, génial ?

— Ben, vous savez bien...

D'un air méfiant, Bruno lui répondit que non, justement, on ne savait pas. Valérie se mit à rire :

— Allons, vous savez bien que je suis italienne.

— Ah bon ?

Je baissai la tête et pris conscience une fois de plus que je ne savais rien de cette fille. Bruno accueillit la nouvelle en crachant par terre. Il siffla entre ses dents, fit les gros yeux et répéta qu'elle avait intérêt à se tenir à carreaux.

Enfin, le match commença. Bruno se tut pour laisser parler son corps qui tremblait comme une feuille. Le futon vibrait sous les battements de son cœur dont le tempo rappelait la techno minimale. Je craignais qu'il ne fasse un infarctus mais la délivrance arriva sous la forme d'un but de Zidane. Bruno, tel un diable sortant de sa boîte, bondit sur la table, jeta un coussin contre le mur puis se tourna vers nous, rouge comme un piment, pour nous expliquer que Dieu existait et qu'il était sur cette pelouse :

— Zidaaaaaane ! hurla-t-il. Zidaaaaaane !

Il brandit le poing en direction de Valérie et lui demanda si elle faisait toujours la maligne. Terrorisée, elle secoua la tête et lui fit signe que non.

On se dirigeait vers une victoire de la France et le

plus beau jour de la vie de Bruno quand les Italiens égalisèrent. Stupeur. Bruno se rassit sans un mot et resta immobile. Leur but avait jeté un froid que la mi-temps ne suffit pas à chasser. Sous la menace de représailles qui pouvaient être terribles, ni moi ni Valérie n'osions bouger. Encore moins ouvrir la bouche. Bruno finit par sortir de sa léthargie pour nous faire une séance de tableau noir sur le carton de la pizza déchiqueté :

— Je crois qu'il faut qu'on passe plus par les ailes.

Je lui répondis pour ne pas le froisser qu'on allait faire ce qu'on pouvait tandis que Valérie lui demandait :

— Avant de passer par les ailes, j'ai le droit d'aller aux toilettes ?

— Tu crois vraiment que c'est le moment ?

Dès le début de la deuxième mi-temps, le silence retomba comme une enclume. Rien ne troublait plus le malaise ambiant si ce n'est le bruit du maillot que Bruno faisait tournoyer au-dessus de sa tête. On aurait dit un ventilateur humain mais je n'eus pas le courage de me moquer. Trop risqué. Fin du temps réglementaire, match nul, les prolongations commencèrent. Bruno enchaînait les signes de croix en psalmodiant :

— On peut pas perdre, on peut pas perdre !

Le Dieu auquel il adressait ses prières se trouvait sur la pelouse. Il était chauve, portait le numéro 10, était génial mais n'en restait pas moins humain. Lorsque Materazzi lui murmura quelques insultes sur le ton de la confidence, Zidane vit rouge et le match bascula sur un coup de boule et de théâtre. Les dieux étaient tombés sur la tête. Hurlant à la mort, Bruno attrapa la pizza trop cuite qui traînait sur la table et la fracassa contre son front. De rage, il assena des coups de poing dans le dossier du futon sur lequel Valérie et moi étions toujours assis. Sans commentaires, j'encaissai les secousses avec autant de dignité que possible. Sur l'échelle de Richter, ce tremblement de terre était sans égal. Lorsque Zidane quitta le terrain le dos voûté, Bruno plongea son visage dans ses mains puis se mit à genoux pour implorer le ciel.

— Dites-moi que c'est pas possible! Dites-moi que je rêve! Pourquoi t'as fait ça? Pourquoiiiiii?

Ce ne fut pas suffisant. La réalité avait une marche à suivre et un vainqueur à désigner. Dieu n'était plus sur le terrain, tant pis pour lui. Après le coup de sifflet final débuta la séance des penaltys. Toujours agenouillé, Bruno la suivit les yeux fermés. David Trezeguet manqua son tir au but, Fabio Grosso transforma le sien. Il n'y avait plus de doutes, la France avait perdu. Les Italiens commençaient à célébrer leur victoire quand Bruno se leva, droit comme un I, blanc comme un linge. Il éteignit la télé d'un poing rageur. En silence, il se dirigea vers le couloir d'où nous parvint le bruit de la porte des toilettes. Ni Valérie ni moi n'osions bouger. L'affiche d'*American Psycho* qui surplombait son lit semblait nous mettre en garde. Attention. Fou furieux. Nous entendîmes la chasse d'eau et Bruno réapparut, débarrassé de sa panoplie de supporter. Torse nu. En caleçon. Son équipement gisait dans les toilettes bouchées. Bruno se tourna vers Valérie et lui demanda si elle était contente. Elle parut hésiter. C'était une question piège à laquelle il valait mieux ne pas répondre mais elle eut le malheur d'être sincère.

— Je suis triste pour la France mais ça me fait quand même plaisir pour l'Italie.

Bruno n'attendit pas la fin de sa phrase et se dirigea vers la cuisine. Il se posta devant le frigo avant d'en ouvrir la porte avec une violence qui me fit craindre le pire. Même si la soif conduit parfois à des comportements bizarres, il n'avait pas l'air de quelqu'un qui cherche un Mister Freeze. Bruno se mit alors à vider le congélateur, jetant par terre toutes les pizzas et lasagnes surgelées que j'avais stockées ces derniers mois. Il se saisit des emballages, nous les secoua sous le nez et cria :

— Tu vois ce que j'en fais de ta sale bouffe de ritals ?

Valérie courut se réfugier dans sa chambre. Je voulus m'approcher mais Bruno me tint à distance au moyen d'une boîte de nuggets. Il vida le compartiment de tous les aliments susceptibles d'évoquer ce pays qui avait osé battre son équipe en finale puis me jura qu'il ne voulait plus jamais entendre parler de l'Italie.

— C'est terminé, les pizzas ! Tu m'entends ? Termi-né !

Si ça peut le calmer, pensai-je, autant le laisser faire. Tout en respectant une distance de sécurité, je le regardais piétiner ma nourriture comme on regarde un chat se défouler sur une souris.

Une fois calmé, Bruno s'excusa. Il m'expliqua qu'il n'en pouvait plus, qu'il était sur les nerfs et que la situation avec Stéphanie lui pesait trop.

— Je peux plus continuer comme ça, me dit-il. Si je reste, je vais devenir fou.

Je l'avais déjà entendu proférer des menaces de départ, mais cette fois, c'était décidé. Il ne changerait pas d'avis. C'était fini. La France venait de perdre la coupe du monde et nous, notre colocation. Dehors, les klaxons célébraient la victoire de la Squadra Azzurra.

Le lendemain, Bruno annonça qu'il s'en allait. Quelques jours plus tard, c'était au tour de Valérie. Elle partait vivre avec Rodrigo.

32

Chercher un appartement dans une ville comme Paris relevait de l'utopie. Trouver l'amour était moins improbable. Il fallait de la chance, de la chance et de l'argent. Accessoirement, Valérie avait les deux. Ses parents étaient riches et son statut d'étudiante en commerce attirait la sympathie des propriétaires. En emménageant avec Rodrigo, elle ne prenait donc aucun risque. La profession de danseur n'était peut-être pas le meilleur atout pour séduire les agences immobilières mais, à eux deux, ils offraient le visage rassurant d'un couple stable et plein d'avenir. Les multitudes de zéros sur les fiches de paie de ses garants faisaient le reste. En seulement deux semaines, on leur donna un bail, des clefs, et le bon Dieu sans confession.

Trop heureux de le voir quitter ce qu'ils qualifiaient de squat immature, les parents de Bruno se débrouillèrent pour lui trouver un studio en centre-ville, à deux pas de notre ancien appartement. Sa mère, qui n'avait jamais goûté ce concept de colocation, se réjouit particulièrement de voir son fils s'éloigner de ma mauvaise influence. Après tout, Bruno avait raison d'aller de l'avant. Il lui fallait un nouveau départ que ne pouvait lui offrir le salon dans lequel nous avions perdu tant de temps.

Il ne restait plus que Stéphanie et moi. Nous n'avions pas les moyens de garder l'appartement mais Stéphanie avait un plan. Elle partit voir la propriétaire et, par un miracle que je ne pus expliquer, parvint à faire baisser le loyer d'un tiers. Sur le moment, Stéphanie me parut démoniaque. Je réfléchis bien des fois aux méthodes qu'elle avait utilisées pour parvenir à ses fins. Avait-elle menacé la vieille rentière ? Avait-elle pris son chien en otage ? Lui avait-elle montré ses seins ?

J'appris bien plus tard que la vérité n'était pas aussi flamboyante. Loin de mes scénarios farfelus, Stéphanie s'était contentée d'amadouer la propriétaire en lui faisant les yeux doux puis en lui faisant remarquer, à grand renfort de violons, qu'elle lui rappelait sa grand-mère décédée l'été dernier dans un accident de jet-ski. Le naturel avec lequel elle avait inventé cette histoire me mit mal à l'aise. Non seulement sa grand-mère était encore vivante mais en plus elle détestait la mer. N'empêche que son mensonge nous avait offert un sursis. La perspective de remettre à plus tard une recherche d'appartement qu'il m'aurait fallu associer à une recherche d'emploi ne pouvait que me plaire. J'étais toujours prompt à repousser les échéances, c'était même un sport où j'excellais. Je prenais mes résolutions, les froissais en boule, les faisais rebondir, attendais le dernier moment, prenais mon élan puis les lançais loin par-dessus la nuit pour les remettre au lendemain. À ce petit jeu, j'étais imbattable. Mais quand je vis le copain de Stéphanie débarquer avec toutes ses affaires sous le bras, je compris que je m'étais fait avoir.

— Mais c'est quoi, ça? demandai-je en le montrant du doigt.

— Ben, c'est Chazz! me sourit Stéphanie. Tu le connais!

— Mais? Il vient habiter avec nous?

— Ben oui! Je te l'avais pas dit?

— Non.

Stéphanie rougit. Elle me pria de l'excuser, répéta qu'elle pensait l'avoir fait et justifia l'emménagement de son copain par l'imparable argument du « Il faut bien payer le loyer. » J'eus la désagréable impression que Stéphanie s'était servie de moi et je me sentis ridicule. Derrière nous, Chazz prenait possession des lieux, installait ses bagages, ses guitares et son arrogance. Il me jura que c'était de la balle, que cet appart avait un putain de bon son, qu'on pourrait faire un studio dans le salon et peut-être même tourner un porno. Il me demanda ensuite si j'avais un problème avec la fumée. Le temps que je lui réponde, il avait déjà allumé une cigarette dont il me soufflait les volutes au visage. On m'avait entraîné dans un ménage à trois. J'étais dans de beaux draps.

33

Sans personne avec qui partager mon ennui, je sombrai dans l'autisme. Une fois débarrassée des chewing-gums fossilisés et des préservatifs usagés qui jalonnaient son plancher, la chambre de Valérie, dont j'avais hérité, devint ma tanière. Je me réjouis d'avoir enfin mon intimité mais l'euphorie de dormir entre quatre murs laissa vite place à la claustrophobie. J'étais devenu un ermite. Je ne parlais plus. Je ne sortais plus. Jamais. J'allais aux toilettes, et c'est tout. Pour me nourrir, je mangeais des petits beurres. Ils étaient sans conteste les gâteaux les plus sinistres de la création mais ils étaient aussi les moins chers. Les grands soirs, je m'accordais une folie : du pain d'épices.

Loin de se formaliser de mon retrait monacal, Stéphanie en profita pour prendre ses aises. Sans se douter que je pouvais en souffrir, elle rapatria son copain, ses amis, sa famille et tous les gens qu'elle pouvait croiser en soirées. L'appartement devint un squat. Sans Bruno et ses tongs pour effrayer les visiteurs, l'entrée du salon était devenue portes ouvertes. Plus un soir ne se passait sans qu'une fête y soit organisée.

Stéphanie se servait de l'appartement pour se sociabiliser, moi pour m'isoler. Enfermé dans ma chambre, j'écoutais les rires et les cris en provenance du salon. Je pensais aux souvenirs que j'y avais entassés. Il y en avait des bons, il y en avait des tristes, mais dans le feu de l'ivresse et de la joie, Stéphanie et ses amis les piétinaient sans distinction. Au petit matin, lorsque la pénurie de boissons les amenait à se coucher, je les entendais faire l'amour. Chazz ponctuait ses orgasmes en chantant *Like a sex machine* à tue-tête. Je fredonnais à voix basse *Should I Stay or Should I Go*.

34

J'aurais voulu partir mais je ne pouvais pas. Pas les moyens. Pas le courage. Dès que l'occasion se présentait, je me réfugiais chez Bruno. Loin du petit bonhomme morose et fataliste que j'avais côtoyé, il était maintenant un autre homme.

Sa garçonnière lui avait redonné des couleurs et de l'aplomb. Libéré de la frustration qu'il avait éprouvée à proximité de Stéphanie, Bruno vivait serein. Son cœur brisé s'était allégé de toutes les peines qu'il avait endurées et lui faisait voir les choses avec un optimisme que je lui enviais. Facétieux, le sort avait même inversé les rôles : Bruno était le bienheureux, j'étais le dépressif. J'en avais déjà endossé le costume à plusieurs reprises mais cette fois, comme s'il s'était rétréci jusqu'à me coller à la peau, il ne me quittait plus. Signe que notre rapport de force s'était inversé, c'était Bruno qui me prodiguait maintenant ses conseils pour aller mieux :

— Il faut que tu fasses quelque chose, me disait-il. Il faut que tu partes, il faut que tu sortes, trouve-toi une fille, un travail, un hobby, n'importe quoi. Mais ne reste pas comme ça, enfermé à ne rien faire. Tout seul, tu tiendras pas.

Quand je rentrais chez moi, je retenais mon souffle. J'écoutais à la porte d'entrée pour m'assurer qu'il n'y avait personne et je filais dans ma chambre en évitant les cadavres de bouteilles. Je ne savais plus si j'avais peur des gens ou si je les détestais. Peut-être les deux. J'étais pris au piège. Je me regardais dans la glace et je me faisais peur. J'avais l'air effaré, je perdais mes cheveux, j'avais les joues creuses. Je ne me reconnaissais plus. J'avais l'air d'un fou.

35

Bruno avait raison, je devais faire quelque chose mais mon horizon restait inchangé : je ne voulais pas travailler. Comment donner un sens à ma vie sans salaire et sans horaires ? Je l'ignorais. J'aurais pu me mettre au sport, soulever de la fonte, sculpter mon corps et me changer en Musclor. Je n'en avais pas la force. Et puis, la perspective de faire rouler mes biceps devant un miroir me paraissait inenvisageable : je ne pouvais pas me voir. Il y avait bien d'autres activités susceptibles de m'occuper mais aucune ne me tentait vraiment. J'aurais pu reprendre mes études, m'adonner à la prostitution, participer à des jeux télé, apprendre à marcher sur les mains, me laisser pousser la barbe, regarder tomber mes cheveux, mémoriser l'annuaire ou encore m'entraîner à l'autofellation. Je n'en voyais pas la peine. Tout comme le reste, je n'en avais pas envie.

L'idée d'un livre me vint alors. Je n'avais rien à dire mais au moins j'aimais écrire. L'espace de quelques jours, je voulus me convaincre que j'avais trouvé ma raison d'être. Je m'imaginais sur les plateaux télé, parlant de moi, ma vie, mon œuvre et j'anticipais les critiques criant au génie. Je me voyais déjà salué par mes pairs, honoré de toutes parts, adulé pour ma prose. Je rêvais d'un grand livre au goût de madeleine qui se vendrait comme de petits pains mais, en attendant, je ne faisais rien. Comme d'habitude, je préférais penser aux conséquences plutôt que de me consacrer à l'action. Le poil que j'avais dans la main m'empêchait de m'y mettre. Je passais mon temps dans mon lit, l'ordinateur sur les genoux, le regard dans le vague, Internet en toile de fond. Malédiction de la technologie, ma connexion anéantissait tous mes efforts de concentration. Toutes les séries que je pouvais télécharger en un clic me montaient à la tête. J'avais tellement de raisons de ne rien faire! Je me familiarisais avec l'univers carcéral dans *Oz*, je m'initiais à la vie de famille aux côtés des *Sopranos*, je me prenais pour un cow-boy devant *Deadwood* et je sauvais le monde dans la peau de Jack Bauer. Toutes ces histoires m'empêchaient peut-être d'écrire la mienne mais elles me donnaient l'illusion d'en vivre par procuration.

J'aurais pu continuer de la sorte pendant des jours mais j'avais atteint un seuil d'inaction qui remettait en cause mon statut de mammifère. Je ne me levais plus. La forme de mon corps s'était incrustée dans le matelas. J'étais devenu un invertébré, je ne faisais rien, je ne pensais plus. Internet s'en chargeait pour moi.

36

Modèle de patience et de compréhension, Stéphanie finit malgré tout par se lasser de mes manières. Après trois mois de cohabitation en pointillés, j'étais devenu le colocataire imaginaire. Ses amis savaient que j'existais mais ils ne m'avaient jamais vu. Ils m'appelaient «Casper le fantôme».

Je n'avais plus croisé Stéphanie depuis plusieurs semaines et ne m'en portais pas plus mal. Je ne voulais pas voir Chazz non plus. Ni personne. J'avais bâti une forteresse que mes réserves de Snickers et de bouteilles d'eau m'évitaient de quitter à tout bout de champ. J'urinais dans une bouteille que je vidais par la fenêtre. Je dominais ma faim, je gérais ma vessie, je contrôlais la situation.

Seulement, il existe des besoins élémentaires que la décence et l'hygiène obligent à faire aux toilettes. Un jour, sous le coup d'une irrépressible envie de chier, je dus me résoudre à sortir. Conscient du danger que j'encourais à me confronter comme ça, sans aucune préparation, à ce monde impitoyable qu'était l'extérieur, je fis un signe de croix en priant pour ne croiser personne. Sur la pointe des pieds, j'ouvris la porte avec la précaution d'un cambrioleur, mais, comme si elle me guettait, Stéphanie apparut dans le couloir pour me barrer le chemin :

— Incroyable, je pensais que t'étais mort.

Chazz était là derrière elle, des baguettes de batterie dans les mains, un sourire de propriétaire sur les lèvres. Après un coup d'œil narquois, il se tourna vers les autres personnes dans le salon et se pinça le nez avec une grimace de dégoût. Peu enclin à disserter sur les circonstances de ma résurrection, j'indiquai à Stéphanie, en me dandinant d'un pied sur l'autre, que j'étais pris d'une envie pressante. En vain.

— Il faut qu'on parle, me dit-elle.

Dans un long soupir, je lui fis non de la tête mais elle ne parut pas comprendre.

— Je sais que c'est pas forcément le meilleur moment pour te le dire, je sais que t'es au chômage, je sais que c'est pas facile pour toi, tout ça, mais bon, voilà. J'aimerais… Enfin, Chazz et moi on a réfléchi et… On s'est dit que ce serait mieux si… Enfin, bon… Maintenant ça fait trois mois et… Écoute, ça sert à rien de continuer comme ça, on voudrait que tu déménages. Voilà.

37

J'étais meurtri. Après que Stéphanie m'eut asséné mes quatre vérités, je partis chercher ma dose de réconfort chez Bruno sur qui je pouvais toujours compter lorsque mon moral s'essayait au saut à l'élastique. Il m'accueillit avec le sourire, comme il ne l'avait jamais fait durant tout le temps que nous avions habité ensemble, et m'invita à rentrer. Sous le regard des footballeurs en posters dans le couloir, je le suivis en le félicitant pour la décoration. Sans personne pour le critiquer sur ses choix esthétiques, Bruno avait retapissé ses murs avec des unes de *L'Équipe*. Perdues entre des photos de courses hippiques et de formule 1, quelques filles tâchaient de faire bonne figure en dévoilant leurs seins. Je cherchais des yeux l'affiche d'*American Psycho* qui l'avait accompagné si longtemps quand Bruno me demanda de prendre place sur le canapé. Pour m'asseoir, je dus me glisser entre la pile de *France*

Football et les ballons de toutes sortes. Il me demanda ce que je voulais boire, je lui répondis une bière.

— Ah ben non. J'ai que du sirop.
— Alors pourquoi tu me demandes ?
— J'essayais juste d'être poli.

Après avoir pris soin de doser mon verre de menthe à l'eau comme s'il s'agissait d'un cocktail d'explosifs, Bruno me le tendit et s'enquit de ce qui m'amenait. Je lui fis part de mes mésaventures, lui racontai d'une traite qu'on me flanquait à la porte et qu'en plus de ça je m'étais fait traiter d'ours. Bruno partit dans une franche rigolade. Sa sollicitude me fit chaud au cœur et je me dis qu'il était bon, parfois, de recevoir le soutien d'un fidèle compagnon. Je me sentais comme Don Quichotte écoutant son loyal Sancho Panza l'entretenir dans l'illusion de sa chevalerie flamboyante. Je me dis que c'était ça, un ami : quelqu'un qui prenait position pour vous défendre. Quelqu'un qui faisait taire la rumeur pour rétablir votre honneur. J'étais ému. J'allais le remercier pour sa sincérité quand Bruno m'interrompit :

— Non mais tu comprends, un ours, c'est quand même balèze. Ça a de la carrure, ça en impose, c'est pas là pour rigoler. Et puis, ça reste pas le cul posé à rien faire, un ours. Ça part à la pêche, ça saute dans des cerceaux en flammes, ça gronde, ça fait du bruit, ça fait des films. Alors bon, avec tout le respect que je te dois t'as vraiment rien d'un ours...

38

Bruno proposa de me loger. Contraint de rentrer chez ses parents pour se faire opérer d'une blessure au genou contractée quelques mois auparavant, il allait s'absenter deux mois durant lesquels je pouvais m'installer chez lui. C'était une aubaine. Bruno m'offrait la porte de sortie dont j'avais tant besoin. Pour avoir été dans la même situation que moi, au bord de la dépression nerveuse, il savait que plus tôt je partirais, mieux je me porterais :

— Deux mois c'est court, mais ça te donnera le temps de te retourner. Au moins, t'auras plus à supporter les vocalises de la rock-star.

Bruno me laissait tout. Son lit, sa douche, son frigo, sa collection de *France Football*, son panneau de basket, à la seule condition que je lui rende un service, un seul :

— Tout ce que t'auras à faire, m'expliqua-t-il, c'est faire suivre mon courrier.

La mission paraissait dans mes cordes et nous scellâmes donc notre accord par une rude poignée de main. Alors que je m'apprêtais à partir pour commencer à rassembler mes affaires, Bruno me regarda droit dans les yeux :

— Par contre, je te préviens : t'as pas intérêt à te branler dans mon lit !

Je ne pouvais pas le lui promettre mais je lui garantis que j'essaierais.

39

Je vécus les deux semaines avant mon emménagement chez Bruno comme j'avais passé les précédentes : reclus. J'ignorais les mots que Stéphanie me glissait sous la porte pour me demander si j'étais en colère. Je laissais mon silence lui répondre pendant que Chazz hurlait :

— Mais laisse-le donc crever !

La veille de mon départ, je fis mes bagages et constatai à loisir qu'en dehors de mon ordinateur et de quelques livres, je ne possédais rien. Cette absence de biens me conforta dans l'idée que je me dématérialisais de jour en jour et qu'il était temps de prendre ma vie en mains. Le lendemain matin, j'attendis que Chazz et Stéphanie soient partis travailler pour enfin sortir de ma chambre, une dernière fois. J'étais tenté de m'en aller sans les prévenir mais la politesse m'obligea à leur laisser un mot d'adieu. Dans leur salle de bain, je pris l'un des rouges à lèvres qui traînaient sur l'étagère pour leur écrire en lettres capitales sur le miroir :

Stéphanie, ce fut un plaisir. Childéric, je n'achèterai pas ton disque. Sans rancune. Adieu.

Je sortis de l'immeuble avec la sensation de quitter une prison. J'étais soulagé d'un poids. J'avais tiré ma peine. Je voyais le bout du tunnel. En m'expliquant que le bonheur, s'il existait, ne se trouvait pas au fond d'un lit mais au-dehors, Bruno m'avait convaincu de modifier mon rapport à l'extérieur. «Vivons heureux, vivons caché», je le savais maintenant : c'était un leurre. Il était temps pour moi de sortir de ma chambre et d'affronter le monde. Il était temps pour moi d'exister.

Troisième partie

1

Comme il fallait un début à tout, je me mis en quête d'un appartement. Avec deux mois pour mettre la main sur le Saint-Graal, je n'avais pas de temps à perdre. Valérie et Bruno avaient trouvé sans mal mais leurs parents les avaient financés. Les miens, je n'en attendais rien. La dernière fois que j'avais appelé ma mère pour lui demander un coup de main, elle avait crié au vol. Mon père, je n'imaginais même pas. Si je voulais un toit, je ne pouvais compter que sur moi. Seulement j'étais chômeur, sans expérience et sans garantie. La partie s'annonçait rude.

Bercé par l'illusion que j'aurais plus de chances en traitant à distance, je mis tous mes espoirs sur les annonces internet. Seloger.com, Paruvendu.fr, Explorimmo.com, Pap.fr, Leboncoin.fr, Avendrealouer.fr... En vain. Abonné à toutes les alertes imaginables, je pouvais compter sur les doigts d'une moufle les offres que je recevais. C'était trop peu.

Dos au mur, je me résolus à donner de la voix. Je pris le journal des annonces immobilières, sortis mon téléphone de ma poche, fis disparaître la couche de poussière qui s'y était amassée, puis je me mis en condition.

Le téléphone ayant le don de me rendre bègue et inaudible, je répétais devant la glace tel Antoine Doisnel dans un film de Truffaut :

— Bonjour Monsieur, bonjour Madame, bonjour Monsieur, bonjour Madame…

Une fois mon discours au point, je me jetai enfin à l'eau. Hélas, je découvris à mes dépens que la situation de sans-emploi n'était pas au goût des propriétaires. On m'apprit – lorsqu'on ne me riait pas au nez – que chercher un logement dans ma situation était simplement peine perdue. « Soyons sérieux », me disait-on. J'avais beau l'être, jurant mes grands dieux que j'étais une personne fiable, sans histoires et sans dettes, qui ne faisait pas de miettes en mangeant, on ne me croyait pas. Après de nombreux appels qui se soldèrent par des adieux, des insultes ou des « C'est une plaisanterie ? », je compris qu'il faudrait ruser.

Lothar me fabriqua de fausses fiches de paie. Faussaire dans l'âme, il avait toujours été doué pour falsifier les documents. Petit, il maquillait ses billes pour les revendre plus cher. Ado, il revendait des cartes d'identité sorties tout droit de son imagination. Étudiant, il avait modifié ses notes pour obtenir une mention. Adulte, il trafiquait le contrat de ses employés pour les virer sans leur verser d'indemnités. Dans ce contexte, m'inventer des feuilles de salaire n'était pour lui qu'un jeu d'enfants. En quelques jours, par la magie de Photoshop, Lothar avait effacé mon statut de chômeur pour faire de moi un salarié.

Mon nouveau statut de travailleur assermenté me permit d'accéder à l'étape suivante : celle des visites. Il s'agissait d'une première sélection, visiter un appartement n'offrait aucune garantie : la concurrence était acharnée. La moindre annonce de studio à louer créait un mouvement de foule digne d'une manifestation. C'était la folie.

Les fiches de paie ne suffisaient pas, les sourires d'enfant de chœur non plus. Pour séduire un propriétaire, il fallait être beau, riche, et peut-être même savoir chanter. Dans cette grande course au logement dont les vainqueurs remportaient juste le droit de payer un loyer, tous les moyens étaient bons pour se distinguer du voisin. Certains faisaient des claquettes, d'autres des avances ; j'en vis même sortir des bébés chats de leurs manches.

2

Pour la première fois depuis longtemps, je n'avais plus le temps de m'ennuyer. Sans la nécessité de me cacher, je redécouvrais le sens du mot liberté. Je savourais cette nouvelle indépendance en me baladant tout nu sous le regard de Lou Reed qui me chantait *I'm So Free*. Je retrouvais le sourire. Les visites n'étaient pas une partie de plaisir mais au moins me donnaient-elles l'envie de me lever. Chacune d'entre elles se déroulait selon un schéma immuable. Je repérais le lieu du rendez-vous à la foule massée sur le trottoir. Je prenais ma respiration. Puis je me noyais dedans jusqu'à ce que le propriétaire vienne enfin nous chercher pour nous demander d'avancer bien en rangs. Nous le suivions en nous jaugeant du coin de l'œil, cherchant à savoir au regard des costumes qui ferait la meilleure impression. Sans surprises, je n'en faisais pas partie. Parfois, certains m'adressaient la parole avec une seule idée en tête : « Et toi, combien tu gagnes ? » Je baissais la tête et changeais de sujet en rougissant : « Il fait beau, hein ? » Mais le pire survenait à l'intérieur des appartements. Mauvais comédien dans l'âme, j'ignorais totalement ce que les propriétaires attendaient de nous à la vue de leurs clapiers. Certains prenaient un air béat, d'autres optaient pour la méfiance. Moi je m'égarais en fixant le plafond. J'avais aussi pris l'habitude de caresser les murs comme je l'avais vu faire à la télé, jusqu'à ce qu'un homme en costume me demande « d'enlever mes sales pattes de là ». Je lui fis savoir que j'avais les mains propres mais la trace que j'avais laissée sur la paroi lui démontra le contraire. En somme, ces visites ne menaient nulle part mais je les prenais pour ce qu'elles étaient : une source de distraction. Quand l'appartement me paraissait inaccessible, j'allais voir les propriétaires et leur posais des questions insensées :

— Si je vous laisse me pisser dans la bouche, vous me ferez une ristourne ?

— Qu'est-ce que les voisins pensent de l'échangisme ?

— La baignoire est assez grande pour un crocodile domestique ?

Ça ne servait à rien mais ça me faisait du bien. C'était ma petite vengeance. Je me moquais d'eux comme ils le faisaient avec moi quand ils m'annonçaient que mon dossier ne les intéressait pas. Quitte à me faire refuser un taudis, je préférais que ce soit pour une raison valable.

3

Plus d'un mois et demi s'était écoulé depuis mon déménagement. Sans nouvelles de Stéphanie, je supposais qu'elle m'avait oublié. Déjà. Étais-je aussi insignifiant qu'un passant ? J'en avais maintenant la preuve. L'optimisme retrouvé en venant chez Bruno commençait à disparaître dans l'ombre de mes interrogations. J'étais de ces gens dont le moral suivait le cours des températures et, pour l'occasion, celles-ci descendaient bas. J'aurais pu m'en protéger, allumer le four, ouvrir les vannes des radiateurs, mais Bruno m'avait confié les clefs de chez lui avec une ultime mise en garde :

— On s'arrangera pour le loyer. Par contre, fais attention au chauffage, sinon tu vas le payer cher.

Incapable de déterminer s'il s'agissait d'une menace énergique ou d'un simple constat financier, je vivais depuis dans le doute et dans le froid. Les visites d'appartement se succédaient au même rythme que les refus. Ma volonté s'émoussait. De la fenêtre, je regardais la rue dont les trottoirs verglacés me souriaient. « C'est là que je vais finir », me lamentais-je. Pour ne pas perdre pied, je m'appuyais sur la musique. Je révisais les classiques qui m'accompagnaient depuis toujours, leurs refrains familiers comme autant de branches auxquelles me raccrocher. J'écoutais Bowie, j'écoutais Bob Dylan et puis surtout les Beatles. Je regardais le sol s'effondrer sous mes pieds à mesure que mes illusions se perdaient dans la nuit. Le vide au-dessus duquel je me trouvais ne me donnait pas encore le vertige mais ce n'était qu'une question de temps, Bruno serait bientôt de retour et je devrais partir. Je savais Bruno bon ami mais pas au point de reproduire les erreurs du passé. Plus question de partager un salon, il fallait trouver quelque chose. Mais quoi ? J'envisageais de baisser les bras pour recevoir le ciel qui me tombait sur la tête quand l'impensable se produisit : je finis par trouver un studio.

J'avais déposé mon dossier la veille pour un appartement dont la vue imprenable sur le local à poubelles avait fait fuir la plupart des prétendants. Certains avaient prétexté la claustrophobie, d'autres un odorat délicat. Résultat des courses, nous nous étions retrouvés à deux, un étudiant et moi. Compagnons de fortune, nous nous surveillions du coin de l'œil au cas où l'un ou l'autre glisserait un billet dans la main de l'agent immobilier. Une fois la visite terminée, nous avions pris le métro ensemble et l'étudiant s'était montré assez sûr de lui pour me conseiller de chercher autre chose :

— Mec, je te préviens. Mes parents sont blindés, t'as aucune chance !

Son arrogance de roquet me révolta au point de lui dire « Ah bon. » Je partis sans lui serrer la main avec la confirmation que l'immobilier était un sport où tous les coups étaient permis. Sans autre recours, il me fallait envisager la méthode forte. Muscler mon jeu. Puisque rien ne pouvait s'obtenir sans son autorisation, j'allais moi aussi recourir à la corruption. J'attendis que la nuit passe en relisant *Le Prince* de Machiavel dans l'espoir d'y trouver l'inspiration. Le lendemain matin, je pris mes responsabilités et appelai l'agence immobilière où l'homme qui m'avait fait visiter l'appartement me répondit :

— Oui, je me souviens de vous. Seulement, j'ai regardé votre dossier et ça ne va pas être possible. Vous êtes très nombreux à vous être positionnés sur ce studio, votre salaire ne vous permet pas de rivaliser.

Je faillis lui demander si deux personnes étaient vraiment sa conception de « nombreux » mais je parvins à conserver un ton doucereux. Je lui fis savoir que c'était bien dommage, que je comprenais son point de vue, mais que mon dossier ne disait pas tout.

Hésitant, l'agent immobilier fit mine de fouiller dans ses affaires avant de me demander ce que j'entendais par là. Déjà, l'intonation de sa voix avait changé.

— Écoutez, lui dis-je, je ne vais pas y aller par quatre chemins : je suis prêt à négocier.

Il y eut un blanc dans la conversation jusqu'à ce que l'homme se racle la gorge. Comme si j'avais mis son téléphone sur écoute, il me demanda d'un ton méfiant :

— Hmmm, je vois. Bon. Très bien. Dites-moi, jusqu'où seriez-vous prêt à aller ?

Un frisson me parcourut l'échine. Allait-il lui aussi me demander de baisser mon pantalon ? J'en venais à me le demander lorsque les calculs de l'agent immobilier me sortirent de ma rêverie. Cet homme n'avait que faire de mes fesses. C'est à mes sous qu'il en voulait.

— Par exemple, qu'est-ce que vous diriez de payer deux mois de caution ?

Sans réfléchir, je lui répondis que j'étais d'accord.

— Bon. Et qu'est-ce que vous diriez de trois mois de caution ?

Le calcul me donna le tournis. J'avais l'impression de traiter avec un marchand de tapis. D'une voix moins assurée, je lui fis savoir que ça ne me posait pas de problème. Euphorique, l'homme abattit sa dernière carte :

— Et puis il y a mes honoraires, hein !

— Bien entendu, chuchotai-je.

— Mettons-nous bien d'accord. Si on fait le bilan, nous avons trois mois de caution, auxquels s'ajoutent mes honoraires, ce qui nous amène à un montant total de trois mille euros. C'est une belle somme...

— C'est sûr, soupirai-je.

— Bon. Et vous êtes sûr de pouvoir me payer d'avance?

La tête me tournait, mon cœur s'emballait. D'une voix blanche et pâteuse, je m'entendis répéter malgré tout que oui, vraiment, il n'y avait pas de problème.

L'homme fit claquer sa langue et m'annonça d'un air enjoué:

— Bon, eh bien dans ce cas, l'affaire est entendue. C'est un plaisir de traiter avec vous...

J'attendis que mon maître chanteur ait raccroché pour laisser le combiné tomber par terre. Trois mille euros! C'étaient toutes les économies que j'avais mises de côté depuis ma plus tendre enfance. L'argent de mes dents de lait, de mes Noëls, de mes anniversaires, de mes bourses d'études, de mon RMI... Tout allait disparaître. Je n'étais plus à la rue mais je n'avais plus un sou.

4

Par bonheur, la date de mon emménagement coïncidait avec le retour de Bruno. Rassuré de savoir qu'il n'aurait pas à partager son lit avec moi, il me prit dans ses bras avec une familiarité que je ne lui connaissais pas :
— J'ai bien cru que tu partirais jamais.

À le voir aussi heureux, j'eus le sentiment qu'il était encore plus soulagé que moi. Il me donna un coup de main pour transporter mes affaires, me félicita encore une fois puis me souhaita bonne chance. Maintenant, j'étais tout seul.

Entre quatre murs. Entre mes murs. Pour la première fois de ma vie, j'avais un chez-moi sans personne avec qui le partager. Je n'avais plus de comptes à rendre. Je pris possession des lieux en les décorant à mon goût. La locataire précédente avait laissé sur les murs des autocollants en forme de fleur. Je les recouvris de posters à l'effigie des

Simpsons, de Scrubs et de Mario Bros, autant de figures susceptibles de m'inspirer au quotidien. Une vue d'ensemble me fit alors prendre conscience que j'avais des goûts d'adolescent. Qu'aurait pensé une fille en découvrant tout ça ? Je l'ignorais mais après tout je m'en moquais. Mon intérieur n'avait peut-être aucune allure mais il était à mon image. Je l'aimais. Même les poubelles sur lesquelles donnait ma fenêtre me paraissaient chaleureuses.

Il ne me manquait plus qu'un revenu pour être comblé. Pour l'instant, je n'avais plus de quoi vivre. Dépouillé de tout l'argent que j'avais pu mettre de côté, je me retrouvais cette fois dans l'obligation de trouver un travail et vite.

Sans savoir quelle méthode adopter, je choisis celle du jardinier. J'arrosai de CV tout ce que la terre comptait d'employeurs potentiels. Je ne me faisais pas d'illusions – je n'avais jamais eu la main verte – mais au fond de moi j'avais l'espoir un peu fou que l'un d'entre eux me fasse une fleur. Peine perdue, cette technique n'était pas de saison. Pas un bourgeon. Pas une pousse. Rien. Les lettres de refus que je recevais m'informaient que mon profil n'était pas adapté. Sans blague ? La formule me rendait fou. J'enrageais d'être aussi facile à cerner. J'étais un bon à rien. Je n'avais pas attendu qu'ils me le disent pour m'en rendre compte. Mais quand même. J'avais des diplômes. J'avais le permis, un bac+5 et mon brevet de naturisme. C'était injuste. J'avais passé des mois à éviter le marché de l'emploi et, maintenant que je lui tendais les bras, il s'amusait à m'ignorer. Mauvais travail. Pouvait-on seulement s'entendre? Je commençais à en douter. Quand un courrier m'informa que j'avais rendez-vous avec mon conseiller RMI pour mon entretien trimestriel, j'accueillis la nouvelle avec joie. Peut-être que lui pourrait m'aider, pensai-je. Après tout, c'était son métier.

Pour la première fois depuis le début de mes allocations RMI, je me rendis à ma convocation les manches retroussées. Quand Bellami me posa l'éternel « Alors, où en êtes-vous ? » et que je lui répondis « Je veux travailler », il parut désemparé :

— Allons, Monsieur. Il faut pas dire des choses comme ça.

Sa réaction était loin d'être celle à laquelle je m'attendais.

— Je comprends pas, lui dis-je. Vous devriez être content de savoir que je cherche du travail. C'est la preuve que je veux m'en sortir, non?

Mon conseiller baissa la tête et se mit à rougir. Il me dit qu'il avait bien compris le message que j'essayais de lui faire passer mais que mes nouvelles ambitions ne l'enchantaient pas :

— Écoutez, je ne vais pas vous mentir : je vous aimais bien. De tous les gens que j'avais sous ma tutelle, vous étiez le seul à ne pas me demander du travail. Le seul ! Vous vous rendez compte? Vous étiez comme une bouffée d'air frais. Je savais qu'avec vous je pouvais parler d'autre chose que ce fichu chômage. Je ne vous demandais rien, et vous ne faisiez rien : c'était la base de notre relation. Tout se passait bien. Alors maintenant, si vous aussi vous commencez à me demander du travail, on va pas s'en sortir.

J'étais ébahi. Je lui répondis que je n'étais pas sûr de comprendre. Bellami se prit la tête entre les mains et me fit part de sa peine :

— Mais moi je suis pas magicien, vous comprenez ? Je peux pas faire de miracles !

5

À défaut de trouver un travail, il me restait mon projet de livre. Je caressais toujours l'idée d'écrire un best-seller sans parvenir à dépasser la page de garde sur laquelle figuraient l'année, mon nom et le titre : « Document Word. » Je faisais un blocage. Je m'endormais devant ma page blanche avec des questions plein la tête. Comment diable les écrivains faisaient-ils pour finir ce que je n'arrivais pas à commencer ? Fallait-il être patient ? Être courageux ? Insomniaque ? Alcoolique ? Je l'ignorais mais espérais un déclic.

Pour l'attendre, j'ouvris un blog. J'y parlais de tout, de rien, mais surtout de rien. Ma vie se résumait à ça. À défaut de donner mon point de vue, je décrivais le monde à travers ce que j'en voyais. J'évoquais les poubelles de mon immeuble puis détaillais leur odeur et le contenu grâce auquel j'essayais de deviner le jour de la semaine. Je me surnommais « le seigneur des porcheries ». Je commentais les bruits que faisaient mes voisins en allant aux toilettes, je photographiais mes selles et j'emmerdais le monde. Les rares commentaires que je reçus me conseillèrent d'aller me faire foutre. Je ne pouvais pas leur en vouloir.

En parallèle, j'envoyais des CV de-ci de-là en croisant les doigts pour que mon manque de motivation ne soit pas un problème. Avant de vouloir un travail, je voulais un salaire. Plutôt que de mentir et de parler de carrière, j'admettais courir après l'argent. C'était le nerf de ma guerre. Était-ce une bonne raison ? À lire les lettres de refus que je collectionnais, scotchées au mur, j'en déduisais que non. Entre les DRH qui me conseillaient de revoir ma plaidoirie et les autres qui me souhaitaient d'aller au diable, on ne voyait plus mon mur. Apparemment, « il faut bien manger » n'était pas un argument recevable pour convaincre un employeur. Chaque jour, je m'interrogeais un peu plus sur la façon dont j'allais payer mon loyer.

Le reste du temps, je remplissais mes journées de bien peu de chose. Je chassais mes doutes. J'essayais de me faire rire tout seul. Je travaillais mon accent belge, je rotais quand des voisins passaient devant ma porte, je faisais l'hélicoptère avec ma bite et je modifiais ma démarche en courant les bras rivés le long du corps. Je me trouvais pathétique mais je n'avais pas le choix. Sans personne à qui parler, je ne pouvais que me dédoubler. Je me faisais la discussion en modulant ma voix tantôt grave tantôt aiguë. L'illusion fonctionnait quelques secondes, pas assez toutefois pour me faire oublier l'essentiel : je ressentais un vide. J'aurais pu appeler mes amis Lothar ou Guido mais la fierté m'en empêchait. Vexé qu'ils ne se soient pas davantage préoccupés de mes histoires d'appartement, je leur en voulais un peu. Il restait toujours Bruno qui m'avait épaulé jusque dans les moments difficiles mais, à l'inverse, c'est lui qui ne répondait plus à mes appels. Peut-être l'avais-je vexé, peut-être avait-il découvert que je m'étais branlé dans son lit. Je l'ignorais.

En tous les cas, même s'il me coûtait de l'admettre, la société me manquait. Je manquais de présence comme on manque de calcium. J'avais des envies de foule comme seules en ont les femmes enceintes ; à la différence près que je n'attendais pas d'heureux événement. À l'affût des heures de pointe, je sortais de chez moi pour me frotter aux files d'attente. Je guettais l'affluence. Je prenais le métro et traînais dans les centres commerciaux pour me confronter à mes semblables. Je cherchais le contact, des odeurs, des visages, n'importe quoi susceptible de me prouver que je n'étais pas un fantôme. J'avais un manque à combler mais j'ignorais comment. Une femme ? Un travail ? Un chien ? Aucune de ces possibilités ne m'enchantait totalement. Un chien m'aurait obligé à le sortir. Une femme m'aurait demandé des preuves d'amour et le monde du travail ne voulait pas de moi. J'étais désemparé. Dans le bus, j'enviais les gens affairés. Je les regardais se presser et s'activer en vue d'hypothétiques rendez-vous que j'imaginais importants. Comme eux, j'aurais voulu savoir où aller sans avoir à me demander quand, comment et pourquoi. Pouvait-on vivre sans but précis ? Je commençais à en douter.

Au bout d'un mois sans nouvelles, Bruno sortit de son silence pour m'inviter chez lui. J'acceptai l'invitation avec joie et m'y rendis avec l'excitation que doivent ressentir les rescapés d'un naufrage quand se présente le canot de sauvetage. Enfin. J'allais redécouvrir ce que signifiait parler à quelqu'un.

Bruno m'accueillit d'une poignée de main vigoureuse. Il se moqua de ma barbe, m'annonça que j'avais une sale gueule et me pria d'entrer. Après quelques minutes passées à discuter de mes difficultés à trouver un emploi, Bruno m'annonça que, justement, il en avait trouvé un.

— J'ai trouvé un poste de journaliste dans un magazine automobile.

— Depuis quand ?

— Ça fait quinze jours, maintenant.

— Et pourquoi tu me l'as pas dit plus tôt ?

— J'attendais la fin de ma période d'essai…

À court de mots, je lui tendis la main pour le féliciter. Plusieurs gorgées du sirop de grenadine qu'il m'avait servi sans modération m'aidèrent enfin à lui dire que c'était formidable et qu'il ne l'avait pas volé. Bruno, lui, s'était vraiment démené pour trouver du travail. Après avoir effectué tous les petits boulots imaginables, il était temps que la roue tourne enfin pour lui.

— Et en quoi ça consiste, ton travail ?
— J'écris sur les bagnoles.
— Hein ?

Je lui fis remarquer qu'il n'y connaissait rien en voitures et qu'il m'avait toujours dit détester ces engins de la mort. Il acquiesça en rigolant :

— Je sais, c'est même la première chose que je leur ai dite à l'entretien : Je vous préviens, j'y connais rien du tout.

— Et ils t'ont pris quand même ?
— Bah ouais…
— Mais comment ça se fait ?
— Bah, j'étais le seul candidat.
— Ah ouais, ça aide…

Je fis tourner le glaçon qui fondait dans mon verre, une question me brûlait les lèvres :

— Mais, dis-moi. T'es sûr que ça va te plaire ?

Bruno leva les yeux au ciel comme pour prendre à témoin son voisin du dessus :

— J'étais sûr que tu me poserais cette question…
— Et t'as une réponse ?
— C'est qu'un travail. C'est pas censé me plaire.

Sa phrase résonna dans ma tête comme si mon crâne produisait un écho. Bruno appuya ses propos d'un regard accusateur. J'allais baisser les yeux lorsqu'il reprit la parole :

— Tu vois, me dit-il, c'est ça que t'as pas compris. Le travail, c'est pas censé être drôle ou reposant. Il faut pas confondre avec les études. Le travail, c'est pour gagner de l'argent, rien de plus.

— Ça je le sais bien. Un salaire ! Moi, je demande rien d'autre.

— Sauf que tu continues à penser que ton diplôme te donne le droit d'exiger quelque chose. Ça sert à rien de taper trop haut. Tu comprends ? C'est comme au foot. On s'en fout de la manière de marquer, l'important c'est de la mettre au fond. Tiens, regarde, toi par exemple. T'as failli bosser à la télé mais tu t'es fait virer. Et après ? C'est pas non plus la fin du monde. C'est comme si t'avais tenté un retourné acrobatique et que t'avais raté ton coup. Ça t'empêche pas de réessayer en assurant du plat du pied.

— Je suis pas sûr de te suivre…

— Le problème, c'est que tu t'es mis dans la tête que tu voulais forcément faire un truc cool. Mais ça, c'est des conneries, tu comprends ? C'est pas possible ! Tous les jobs sont chiants, tous ! Même les plus prestigieux. Tu crois que Zidane, il s'ennuie pas au bout de sa cinquantième roulette au milieu du terrain ?

— Je sais pas. J'y connais rien en foot.

— Bon ben prenons un autre exemple. Tu crois sincèrement que Rocco Siffredi ça l'amuse de se lever le matin pour aller niquer toute la journée ?

— Je suis pas sûr que...

— Eh ben non! Je peux te garantir que ça l'emmerde, Rocco. Il est comme tout le monde. Il préférerait rester couché pour se gratter les couilles en regardant *Téléfoot*. Mais c'est pas ça la vie! Il faut savoir se sortir les doigts du cul parfois.

— J'ai jamais dit le contraire...

— Mais tu le penses très fort. Je te connais. T'attends toujours sagement que ça te tombe tout cuit dans l'assiette et après tu viens pleurer que ça t'est passé sous le nez. Mais c'est trop facile de rejeter la faute sur les autres! T'es juste un putain d'enfant gâté qui s'est jamais retroussé les manches. Redescends sur terre, Baudelaire! Trouve-toi un boulot, n'importe lequel, et arrête un peu de faire la fine bouche sous prétexte que t'as fait des études.

De rage, Bruno conclut sa tirade avec un coup de poing sur l'accoudoir du canapé. La bave aux lèvres, il continuait à me fixer droit dans les yeux. C'était la première fois qu'il me parlait de la sorte. Comme le jour où Stéphanie m'avait déballé mes quatre vérités sur le balcon, je me sentais mis à nu. Moi qui me croyais insaisissable, j'étais en fait aussi prévisible qu'un personnage de soap opera. Tout ce que m'avait dit Bruno, dans l'ensemble, était vrai. Je cachais ma fierté derrière ma timidité. Ma peur de l'échec n'était que l'alibi de mon orgueil. Inconsciemment, j'élaborais des stratégies de fuite pour continuer à me bercer de l'illusion que mes malheurs n'étaient pas de mon ressort. Tout ce que je voulais, au fond, c'était ne rien avoir à me reprocher.

Je n'avais pas saisi toutes les métaphores sportives de Bruno, mais quand même. C'était comme s'il avait lu le mode d'emploi de mon caractère, écrit dans une langue que je n'avais jamais réussi à comprendre. Ce que j'essayais de déchiffrer depuis des années, il me l'avait résumé en cinq minutes. Je réfléchis au Bruno que j'avais connu pour le comparer à celui qui me faisait face et dont la maturité me sautait au visage. Les choses avaient bien changé depuis son départ de la colocation. La gorge sèche, il but son verre de sirop d'une traite sans me quitter du regard. Il attendait une réponse.

— T'as raison, lui dis-je. Je vais prendre le premier job qui se présente.

Bruno fit claquer son verre sur la table en poussant un cri de joie.

— Ça tombe bien! J'ai justement quelque chose à te proposer.

— Ah bon?

— Ouais! J'ai entendu qu'ils cherchaient des hôtes d'accueil pour le Mondial de l'automobile.

— Ouhla. Mais j'ai jamais fait ça, moi!

Bruno me fit les gros yeux :

— Qu'est-ce que je viens de te dire? T'es pas obligé d'avoir un diplôme en rapport avec chaque boulot où tu postules. On s'en fout que tu l'aies jamais fait. Ne pas bouger, sourire et te tourner les pouces, tu crois pas que c'est à ta portée?

Je lui répondis, penaud, qu'il avait sans doute raison, ce à quoi il acquiesça d'un air magnanime. Porté par un soudain sentiment d'euphorie, j'eus alors envie de sauter sur la table et crier. J'avais trouvé un travail! J'allais éviter la faillite! Partant du principe que la joie exigeait qu'on la secoue pour avoir meilleur goût, j'entrepris la danse de la victoire en balançant chacun de mes membres comme des projectiles. Je fis le twist avec les bras, des huit avec la tête et des cœurs avec la bouche jusqu'à ce que Bruno me coupe dans mon élan. D'un geste solennel, il me proposa de trinquer à mon futur emploi. Il me servit une menthe à l'eau et leva son verre dans ma direction :

— À ta santé, fainéant!

— T'as pas du champagne plutôt?

— Mais t'es malade! Tu sais combien ça coûte le champagne?

6

Il me restait une semaine pour me préparer mais déjà j'angoissais. Dans la mesure où je m'y connaissais autant en voitures qu'un végétarien en barbecue, l'affaire était encore loin d'être gagnée. Bruno me rassura : il avait été à ma place et ça ne l'avait pas empêché d'arriver là où il était. Je m'abstins de lui faire remarquer qu'il n'était pas Michael Schumacher, je le pensai juste très fort.

Partageur, Bruno me transmit tout ce qu'il savait sur les autos. Il me montra comment changer une roue, faire un créneau, un dérapage et des tonneaux. Pour des raisons pratiques, la démonstration se fit avec une voiture miniature reliée à un porte-clefs mais Bruno me garantit que ça ne changeait rien.

Selon lui, dans le milieu de l'automobile comme ailleurs, l'important n'était pas la taille. Je pris note de cette information en acquiesçant gravement. Enfin, pour compléter ma formation, Bruno insista pour que je voie *Fast and Furious*. Des femmes, des crics, des dérapages : selon lui les seules choses à retenir pour soutenir n'importe quelle discussion dans ce milieu. Au terme de cette soirée, Bruno décréta que j'étais fin prêt et je repartis chez moi, un moteur à la place du cerveau.

Je me rendis à l'entretien muni d'antisèches. J'avais inscrit sur les paumes de mes mains les différentes marques automobiles que Bruno m'avait conseillé de placer dans la conversation. Je confondais encore Renault et René mais ça commençait à rentrer. Dans la salle d'attente, je tâchais de mémoriser tous ces noms sans écorcher leur orthographe lorsqu'on m'annonça que mon tour arrivait.

Les trois jurés étaient installés derrière une grande table face à laquelle se tenait une chaise minuscule. On me suggéra de m'asseoir mais je préférais rester debout. Mes interlocuteurs hochèrent la tête et prirent des notes avec l'air d'apprécier. J'appris plus tard que la qualité première d'un hôte d'accueil était de savoir rester debout. Rien de plus.

On me demanda ensuite quelles étaient mes motivations pour travailler sur le Mondial de l'automobile. Je fus saisi d'un trou de mémoire. À court d'arguments, ne sachant pas quoi dire, je m'entendis répondre :

— Parce que j'ai été conçu dans une voiture.

Le jury se mit à rire. On me demanda si je plaisantais, je répondis que non. On me demanda si je voulais travailler, je répondis que oui. Comme un seul homme, les trois membres du jury se levèrent pour me féliciter. Sans que j'aie le temps de réaliser, on me tendit la main pour me signifier l'impensable : j'étais embauché. On m'expliqua en quoi consisteraient mes tâches : sourire, accueillir et faire vendre.

— Surtout, ne changez pas. On a besoin de gens comme vous.

Je n'en croyais pas mes oreilles. De mémoire, c'était la première fois qu'on me faisait une telle remarque. Je me sentis rougir et balbutiai quelques mercis. On me souhaita bienvenue, on me dit bonne chance et à bientôt.

Je repartis le cœur allégé, avec la satisfaction du mensonge accompli. Bruno avait raison : l'important n'était pas de savoir mais de faire croire. Plus que jamais, ma vie me fit l'effet d'une grosse blague.

7

Avant le début du salon, je devais suivre une formation censée faire de moi un vendeur accompli. Allais-je être capable de faire passer des bougies pour des lanternes? J'appréhendais. La veille de mes grands débuts, je reçus un texto de l'agence qui m'avait embauché: «Tenue correcte exigée.» La formule me fit l'effet d'une invitation à un cocktail et Bruno me conseilla de ne pas y prêter attention: «L'important, m'avait-il assuré, c'est ce qu'il y a sous le capot.»

Dans le doute, je fis quand même un effort et enfilai une chemise par-dessus mon jean. Qu'elle fût à la mode hawaïenne n'était pas l'idéal mais je n'avais que ça. «Et puis c'est l'intention qui compte», dis-je à mon reflet dans le miroir. Je me mis en route avec la conviction d'être élégant, jusqu'à ce que la foule cravatée du métro ne me démontre le contraire. La tenue correcte exigée n'était pas une simple formule de politesse. Dans ce pôle Nord, entouré de pingouins, je n'avais pas froid mais je me sentais très seul : on ne voyait que moi, mon jean et ma chemise à fleurs. Les mots de ma première conseillère RMI me revinrent à l'esprit : *Demandez-vous pourquoi vous ne faites pas professionnel*. J'aurais voulu l'appeler pour lui dire que ça y est, j'avais compris, mais il était trop tard. Et ça n'aurait rien changé à ma tenue.

Sur place, une des chefs hôtesses, qui faisait partie du comité d'accueil, se précipita vers moi :

— Non mais qu'est-ce que c'est que ça ? C'est ça pour toi une tenue correcte ?

J'aurais voulu lui répondre, non, lui parler de ma préparation, de Bruno, de l'important sous le capot, mais elle ne me laissa pas parler. Folle de rage, elle fit ce que les filles ne faisaient jamais : elle me demanda mon nom.

Troublé, confus, surpris, je me sentis rougir. Je voulus bredouiller le nom qu'elle me demandait mais le stress me fit saliver et, malheur, me fit postillonner. Du coin de l'œil, je vis partir mes molécules de bave à l'assaut de ses lèvres. Je voulus les retenir, les rattraper, leur dire, revenez ! Trop tard. Mes postillons se posèrent sur la bouche de l'hôtesse. « Tragédie ! pensai-je, malédiction ! » Je lui souris d'un air désolé. Elle se tut aussi sec et porta sa main à ses lèvres, les yeux écarquillés. Bouleversée par ce contact inattendu, elle me demanda de disparaître :

— Je te préviens, t'as intérêt à rectifier le tir.

Je me retins de lui demander si elle parlait de ma tenue ou de mes postillons. Avec la souplesse d'un chat trempé, je pris mes jambes à mon cou et disparus dans la foule.

8

Entre cours magistraux sur l'art de sourire et débats sur la manière de se tenir, la première journée s'acheva dans un déluge de temps perdu. J'aurais pu déplorer ce gâchis mais j'y étais trop habitué pour émettre la moindre protestation. Et puis, je n'étais pas tout seul. Passées les premières heures où ma tenue me donna l'impression d'être un touriste égaré dans un séminaire d'entreprise, je fis abstraction des regards tournés vers moi pour me concentrer sur l'essentiel : on me payait pour être là. La journée terminée, je partis illico m'acheter de quoi m'habiller convenablement. Ce genre de situation m'aurait jadis donné le sentiment d'exister, il ne me donnait aujourd'hui qu'une envie : rentrer dans le rang.

C'est donc en tenue correcte exigée fournie par le bac à soldes de H&M que je me rendis à mon deuxième jour de travail. Je sortis du métro entouré de mes semblables. Emporté par le mouvement, je me réjouis de ne plus avoir à lutter contre le courant. Enfin, j'étais comme les autres. Devant la borne d'émargement où les chefs hôtes régulaient les entrées, je saisis la feuille de présence pour y apposer le gribouillis qui me servait de signature lorsque j'entendis crier derrière moi.

— Ah ben voilà! me félicita la chef hôtesse que j'avais aspergée, c'est beaucoup mieux, tu vois? Ça coûte rien de bien s'habiller!

Elle me demanda de tourner sur moi-même, l'insistance avec laquelle elle regarda mes fesses me mit mal à l'aise. Elle continua en me disant que c'était bien, que c'était des gens comme moi qu'ils cherchaient, à l'écoute et réactifs, et qu'elle se réjouissait de m'avoir sous ses ordres. Il ne fallait pas non plus exagérer, ce n'était qu'un costume et ça ne faisait pas de moi l'employé du mois, mais il paraissait impossible de l'arrêter. Elle me redemanda mon nom, le nota sur une feuille et m'annonça de façon solennelle qu'elle le transmettrait à la direction. La gêne me fit déglutir. Savait-elle seulement à qui elle avait affaire? Je rejoignis la salle de conférences avec un poids supplémentaire sur les épaules et la sensation de son regard posé sur mes fesses.

9

Savant mélange de cours inutiles et d'élèves inattentifs, la formation me rappela mes années de fac. Dans une grande salle aux allures de hangar, les intervenants se succédaient sur scène avec la mission périlleuse de nous donner des leçons sur le monde de l'automobile et de la culture d'entreprise. Le terme me paraissait exagéré mais ils avaient l'air d'y tenir. « Vous êtes les premiers ambassadeurs de la marque, répétaient-ils. À partir de maintenant, Citroën, c'est vous ! » C'est ainsi que j'appris l'identité de mon employeur car je croyais jusqu'alors travailler pour une agence d'accueil. Je réfléchis un moment sur les conséquences possibles de cette information puis conclus que ça m'était égal. Renault, Citroën ou Peugeot, ça n'était jamais que des voitures.

Sur le plan humain, je me retrouvais de nouveau face à mes contradictions. J'étais satisfait de ne plus être seul mais je me surprenais à détester les gens qui m'entouraient. C'était comme si je souffrais d'insociable sociabilité. Incapable de m'intégrer au moindre groupe, je regardais les autres en maudissant leur bonne humeur. J'essayais de partager leur enthousiasme – en vain. Je ne pouvais m'en prendre qu'à moi-même mais il me paraissait difficile de trouver des motifs de satisfaction dans le quotidien du « Salarié, levez-vous. » Je regrettais mon oisiveté. Déjà. Le temps me paraissait long mais les vrais problèmes apparaissaient à la pause. Tout le monde se levait avec l'air de savoir où aller. Moi, je restais assis et faisais mine de chercher dans mon sac avec un air concerné. Parfois, j'allais m'adosser contre un mur en prenant une pose désinvolte. Une jambe repliée, je mimais James Dean dans *La Fureur de vivre* avant que des crampes ne m'incitent à changer de posture. Sur mes deux jambes, j'avais l'air d'un guéridon égaré. Les timides qui, comme moi, n'osaient pas se mélanger se réfugiaient dans la musique. Ils se cachaient derrière leurs écouteurs, les yeux rivés sur leur téléphone, substitut moderne à la cigarette pour se donner une contenance. Je regardais le mien en permanence dans l'espoir de recevoir des nouvelles de l'extérieur. Sans succès. Je comptais les secondes en rêvant de les tuer les unes après les autres.

Ma morosité finit par me faire remarquer. Un type assis à côté de moi me demanda :

— Mais c'est quoi ton problème ? On dirait que t'es pas content d'être là.

Je lui répondis que je n'avais pas de problèmes mais qu'à tout prendre j'aurais préféré être dans mon lit. Il me regarda d'un air surpris, puis, sur le ton de l'évidence :

— Mais mec, t'as pas compris ! Ici c'est le paradis. Des caisses, de la thune et des meufs. Qu'est-ce que tu voudrais de plus ?

Je réfléchis brièvement à ce qui pourrait rendre mes journées moins déprimantes. Je ne voyais pas.

— Tu vois ? me dit-il. On peut rien rêver de mieux.

À grande majorité féminine, l'assemblée avait été recrutée sur des critères physiques. Pour le plus grand bonheur des apprentis séducteurs, les beautés se comptaient par centaines. J'avais repéré un groupe de mâles en rut visiblement habitués à travailler dans l'hôtellerie. Chacun d'eux s'était rebaptisé du nom d'un fauve censé résumer ses aptitudes. Il y avait le tigre, le jaguar, le couguar et le guépard. Par la force des choses, les filles étaient à leurs yeux des gazelles. Je les observais comme on regarde un documentaire animalier. Chaque pause était pour eux l'occasion de pousser des cris, de cibler des proies et de passer à l'action en organisant des battues. Les prédateurs, comme je les avais surnommés, devinrent très vite ma principale source de divertissement.

Lorsque vint le moment d'annoncer les affectations de chacun, le groupe des prédateurs se distingua par son enthousiasme, ponctué de hurlements gutturaux et de claquements de mains : tous avaient été placés sur le segment des citadines, repaire de célibataires étudiantes et de proies potentielles. Emporté par leur euphorie, j'en oubliai presque la déception que pouvait susciter mon affectation. J'avais hérité du segment monospace, royaume des papas chanteurs, des mamans tonnerres et des familles nombreuses.

10

Notre lieu de travail semblait régi par un étrange fuseau horaire dans lequel le temps se dilatait selon les moments. Les matins et les après-midi passaient encore. Mais paradoxalement les repas semblaient ne jamais vouloir se terminer. C'était terrible. J'avais visité, petit, des parcs ornithologiques en compagnie de mes parents; toujours, une grille, une vitre ou la distance avaient eu la bonté de m'épargner la cacophonie de volatiles en furie. Ici, quand venait l'heure de manger, les filles réglaient son compte au silence. Exécution sans sommation. Immense chambre aux échos futiles, le réfectoire abritait ainsi un brouhaha, que des centaines de pies qui chantent en tailleur alimentaient à grand renfort de tirades aussi futiles que:
— Moi, je…
— Moi, mon copain…
— J'aime bien tes cheveux…

— T'as vu cette conne, pour qui elle se prend ?
— Et tes chaussures, c'est des Jimmy Choo ?
— Nan mais moi, en vrai, je suis dans le mannequinat.

Ce vacarme confirma ce que j'avais toujours su : une île aux oiseaux n'avait rien de romantique. C'était un enfer.

Contrairement aux filles qui se regroupaient par affinités vestimentaires, les mâles se rassemblaient par centres d'intérêt et leurs discussions obéissaient à une typologie très précise. Il y avait ceux qui parlaient bagnoles en s'exclamant « Putain, mate la caisse », il y avait ceux qui parlaient filles en s'écriant « Putain, mate la meuf », et puis il y avait les autres, les indécis, à qui l'on devait des phrases ambiguës telles que « Putain, vise le châssis. » Bien sûr, il y avait aussi les gestes qui, pour appuyer le propos, s'efforçaient de mimer tantôt un volant, tantôt une levrette et parfois les deux. Perdu sur ce champ de bataille qui caractérise la guerre des sexes, je mangeais mes pommes vapeur en solo, tête baissée, dans l'espoir que personne ne me remarque. Quelle mouche m'avait piqué le jour où j'avais eu l'idée de venir travailler ici ? Je me le demandais puis je me souvenais : j'avais un loyer à payer.

11

Bruno poursuivait son exploration du monde automobile dans son costume flambant neuf de journaliste spécialisé. Preuve que les affaires marchaient pour lui, il avait désormais une carte professionnelle à son nom sur laquelle figurait son numéro de téléphone assorti du logo de son magazine : un tas de pneus. Le soir, lorsque la fatigue ne me dictait pas d'aller directement me coucher, nous nous retrouvions pour échanger nos points de vue sur les journées écoulées mais quelque chose me dérangeait. Depuis que Bruno travaillait, un étrange mal semblait l'animer. Atteint d'une irrépressible fièvre consumériste, il ne parlait plus ni de filles, ni de foot : il ne parlait que d'argent.

Quel que soit le sujet que nous abordions, il y avait toujours ce moment, gênant, où Bruno ramenait la conversation à une dimension monétaire. Je le félicitais pour ses costumes, il me répondait « Trois cents euros. » Je lui demandais l'heure, il me donnait le prix de sa montre. Je lui demandais comment ça va, il me disait «Les affaires marchent.» Il était obsédé. Sa grande lubie consistait à me questionner sur ce que je m'achèterais au versement de mon premier salaire :

— C'est très important, la première paie. Il faut pas se louper.

Je répondais que ça ne m'intéressait pas. Je n'étais pas matérialiste. Je n'achèterais rien, j'avais des dettes et de toute façon je m'en foutais. Alors Bruno s'énervait :

— Tu peux pas t'en foutre. Ton premier salaire, c'est ton entrée dans l'âge adulte. Il faut que tu marques le coup. C'est un truc dont tu te souviens toute ta vie.

Je lui répondais que dans ce cas je m'achèterais un livre : pour le principe. Bruno secouait la tête d'un air consterné puis soupirait :

— T'as vraiment aucune ambition.

12

La formation suivait son cours. On nous montrait des tableaux, des chiffres et des consignes. Des commerciaux venaient nous présenter des voitures comme s'il s'agissait de nouveau-nés. Ils cherchaient dans la salle des regards approbateurs et demandaient : « C'est-y pas beau ? » La plupart répondaient que si, moi je faisais la sourde oreille. Je réprimais un bâillement puis je baissais la tête de peur que mon regard trahisse l'indifférence. Plusieurs fois, on me proposa de monter dans l'un des modèles d'exposition.

— Il faut vous familiariser avec les voitures. Un bon vendeur se doit de tout savoir sur son produit.

Poliment, je cédais ma place à tous ces fous du volant, nombreux, que la perspective de monter dans une décapotable en mimant le bruit du moteur suffisait à rendre heureux. Par prudence, je ne m'approchais pas. J'adoptai la même attitude que face à une bagarre générale : je refusai de m'en mêler.

Il faut dire que les voitures et moi entretenions une relation conflictuelle. Le jour de l'examen du permis de conduire, j'avais grillé deux priorités à droite, calé au milieu d'un carrefour, failli renverser un cycliste et raté un créneau, pourtant j'avais quand même décroché le papier certifiant mon succès, sur un malentendu. Myope comme une taupe atteinte de conjonctivite, l'examinateur m'avait confondu avec mon voisin d'examen. Celui-ci avait bien tenté de protester mais le vieil aveugle l'avait menacé de radiation à vie s'il s'entêtait à contester son échec. Loin de m'en plaindre, j'avais empoché mon certificat sans broncher. Depuis ce jour, je ne pouvais plus monter dans une voiture sans voir apparaître dans le rétroviseur l'ombre de l'homme à qui j'avais volé le permis.

Mon manque de culture automobile aurait pu me complexer mais je pouvais compter sur les filles pour me rassurer sur le niveau de mes compétences. Je n'y connaissais rien mais elles non plus. Un jour, après que l'instructeur eut demandé s'il y avait des questions, l'une d'entre elles leva la main :

— Et les chevaux dans le moteur, ils mangent quoi ?

13

En fin de semaine, on nous annonça que la première partie de notre apprentissage était terminée. Une petite femme aux bras dodus monta sur scène :

— Maintenant que les voitures n'ont plus de secrets pour vous, il est temps de passer à la formation comportementale.

L'information me fit sourire. Si l'objectif avait été de faire de moi un fougueux commercial incollable en mécanique et chevrons, je pouvais prétendre, sans trop me tromper, que c'était raté. Les voitures restaient pour moi un mystère que je ne comptais pas élucider.

La formation comportementale avait pour projet de nous apprendre à réagir face à l'acheteur, sa mauvaise haleine et sa mauvaise humeur. Tout un programme que je n'avais pas l'intention d'écouter tant je savais déjà la tactique que j'adopterais face au chaland : mes jambes, mon cou et au revoir.

Pourtant, malgré son efficacité relative, cet aspect de l'apprentissage se révéla divertissant. En formations réduites, la majorité féminine et la minorité mâle, nous allions de salle en salle suivre des cours dont le contenu allait de l'incongru au farfelu. Sous couvert de nous apprendre à respirer, sourire ou écouter, les instructeurs nous invitaient à nous prendre pour ce que nous n'étions pas :

— Vous êtes un baobab, nous disait l'une.
— Vous n'êtes que des oreilles, nous disait l'autre.
— Souriez comme des dauphins, nous recommandait-on.

Je ne doutais pas du bien-fondé de tous ces ateliers mais leurs méthodes me laissaient perplexe. Je ne voyais pas en quoi le trouble identitaire allait nous aider à gérer le stress. Bien au contraire. En regardant mes pieds, j'avais l'impression de prendre racine.

Des spécialistes de tous bords venaient nous enseigner des méthodes aux noms complexes comme l'analyse transactionnelle ou l'écoute rétroactive dont le seul but était rien de moins que prendre les gens pour des cons. On nous fit également faire des jeux de rôles. Après qu'on nous eut enjoint à répéter tout ce que les clients nous demandaient pour être en mesure de les mettre en confiance, une fille s'offusqua du rôle de perroquet qu'on lui demandait de jouer :

— J'ai fait des études, moi ! J'ai aucune envie de passer pour une conne !
— Vous êtes là pour vendre, pas pour penser.

14

Éternel adolescent pour qui les chemises ne servaient qu'à se déguiser en adulte, je ne m'étais jamais habillé pour aller travailler. D'ailleurs je n'avais jamais travaillé. Le port du costume était pour moi une première. Je ne supportais toujours pas l'idée de cette pendaison symbolique qui m'obligeait à serrer un nœud autour de mon cou pour me donner bonne figure mais je serrais les dents en me jurant de l'enlever dès ma journée terminée. Je souffrais, je suais, je jurais, regrettant les jours bénis où ma main pouvait se réfugier dans mon caleçon sans la barrière d'une fermeture à zip, mais je tenais bon.

Et puis, peu à peu, je sentis que cette nouvelle panoplie n'était pas sans avantages. J'en pris mon parti. Les commerçants qui m'avaient toujours ignoré commencèrent à me voir. Ma concierge cessa de me tutoyer pour me donner du monsieur. Des femmes m'accordèrent des sourires. Le costume changeait ma vie.

Un soir, après la formation, je choisis de poursuivre l'expérience de la métamorphose. Plutôt que de me changer pour mettre un de mes t-shirts à l'effigie de *La Planète des singes*, je rejoignis Bruno chez lui sans me départir de ma nouvelle peau tirée à quatre épingles. Lorsqu'il me découvrit sur le pas de sa porte, il ouvrit grand la bouche à s'en décrocher la mâchoire :

— Ben ça alors. Regarde-toi! On te reconnaît à peine.

Il me dévisagea comme s'il me voyait pour la première fois et commenta ma tenue dans les moindres détails. Il trouvait que mon costume me donnait une stature, mes mocassins une allure et la cravate une bonne mine. Alors que sa voisine revenait de faire ses courses et montait les escaliers, Bruno la prit à témoin :

— Qu'est-ce que vous en pensez madame Perreira? Il est pas beau mon ami?

Mme Perreira pesta que c'était pas son problème, qu'elle avait d'autres chats à fouetter et encore trois étages à monter. Mais Bruno ne parut pas l'entendre. Il me pinça les joues puis me dit sur le ton de la confidence :

— Allez, t'as toujours une tête de con mais t'as déjà moins l'air d'un puceau.

15

Deux semaines s'étaient écoulées depuis le début de notre formation et le dernier jour finit par arriver. Il se présenta un matin, l'air de rien, sans même s'excuser de tout le temps qu'il avait mis pour trouver son chemin. Je ne fis pas de commentaires. Après tout, l'essentiel était qu'on en finisse.

Curieusement, ce ne fut pas le jour le plus long. Las de nous rappeler à l'ordre pour attirer notre attention sur des sujets aussi insipides que la constitution d'un pare-brise ou d'une boîte à gants, les intervenants se contentèrent de parler dans le vide. Les heures passèrent en file indienne, encouragées par les cris de joie qui surgissaient ici et là pour rappeler que la fin était proche.

Le soir venu, les chefs hôtes montèrent sur l'estrade en réclamant le silence. La chef hôtesse à qui j'avais eu à faire le premier jour prit la parole. J'ignorais où en étaient ses projets de glisser mon nom à la direction mais je tendis l'oreille, intrigué. Peut-être allait-elle me citer en exemple ? Me féliciter en public ? Me déclarer sa flamme ? Dans ce monde de fous, il ne fallait rien exclure. Je la vis s'avancer vers le micro et ouvrir la bouche. Malheureusement, sa voix ne portait pas plus loin que le bout de son nez. On ne l'entendait pas. Rouge comme un homard bouilli, la pauvre fille s'égosillait en vain et ponctuait chacun de ses mots par des postillons format balles de ping-pong. Le premier rang prit une douche dont il se serait bien passé. Le cinéma qu'elle avait fait pour un malheureux postillon me revint en tête. C'était bien la peine.

On nous pria de rejoindre la salle de cantine où le tableau des attributions de postes avait été affiché et devant lequel un attroupement sans nom s'était formé. Des filles se crêpaient le chignon sous prétexte que l'une était passée devant l'autre. La scène me rappela les résultats du bac.

Mon nom figurait sous la rubrique « banque ». Ça n'avait aucun sens. Qu'est-ce que c'était que cette histoire ? Allait-on me demander de manipuler de l'argent, moi, le dyslexique des chiffres qui préférait me faire escroquer plutôt que de recompter la monnaie ? En mal d'explication, je me tournai vers ma voisine :

— Excuse-moi, lui dis-je, mais peux-tu me dire en quoi consiste la banque ?

La fille me dévisagea comme si j'étais atteint d'une maladie vénérienne contagieuse et me répondit d'un air méprisant :
— Ils t'ont mis à la banque ?
— Oui, tu sais en quoi ça consiste ?
— C'est la lose.
— Ah ?
— Tu restes derrière un guichet et tu fais rien de la journée.

Ses paroles cognèrent comme une balle de flipper aux parois de mon cerveau jusqu'à faire TILT. Je n'en croyais pas mes oreilles. Toutes ces formations produits, toutes ces idioties comportementales de reformulations, de baobabs, de jeux de rôles, de jeux de dupes et tout ça pourquoi ? Pour finir derrière un guichet à ne rien faire ? J'avais beau chercher, je ne voyais pas ce que j'aurais pu espérer de mieux.

16

La veille de l'inauguration du salon, je fêtais mon anniversaire. J'abordais ce jour avec la certitude qu'il ne s'y passerait rien mais je me trompais. Au petit matin, je reçus un texto qui me tira du sommeil. Sur l'écran, le nom de ma mère me fit monter les larmes aux yeux. «Ah, la sainte femme, pensai-je, elle ne m'a pas oubliée.» Je chéris le souvenir de son visage en regrettant qu'elle ne soit pas là pour la serrer dans mes bras puis je maudis nos différends inutiles. Je me disais que rien, décidément, ne pouvait remplacer l'amour d'une mère lorsque je découvris son message: *N'oublie pas que tu me dois de l'argent.*

Mon cœur se brisa net. L'envie de lui répondre qu'elle pouvait toujours courir m'effleura l'esprit. Finalement, je partis me rendormir. Mon anniversaire, j'aurais aimé qu'on me le souhaite mais je n'avais jamais donné ma date de naissance à qui que ce soit. Je pensais m'éviter des ennuis, je m'étais surtout créé des regrets et des mauvais souvenirs.

J'étais donc tout seul, sans gâteau, sans cotillons, mais je ne pouvais pas me plaindre : je l'avais bien cherché. Était-ce une raison pour me lamenter sur mon sort ? Non. J'ouvris la fenêtre et inspectai comme chaque matin les poubelles. Avec leurs couvercles grands ouverts et leurs ordures qui passaient par-dessus bord, j'eus l'impression qu'elles me souriaient. Je leur fis un clin d'œil. « Vous au moins, vous me tournez pas le dos », leur soupirai-je. Il n'y avait pas lieu de se laisser abattre. Après tout, je vieillissais toute l'année, tous les jours, sans répit, sans relâche. Pourquoi s'en réjouir un jour plus qu'un autre ? Pourquoi vouloir me l'entendre dire ? Je n'avais pas besoin de tout ça pour passer une bonne journée.

Plutôt que de me morfondre, je sortis de chez moi dans l'idée d'aller au McDo. Je pris des frites, un Mac Deluxe et un Coca puis je m'assis face à la vitre qui donnait sur la rue. Les gens passaient sans me voir. J'étais transarent. Je faillis leur crier « Regardez-moi ! », « C'est mon anniversaire ! » mais après réflexion, je préférai me faire discret. Pour ne pas rester sur cette mauvaise note, je poussai la porte d'un coiffeur dans l'espoir d'en ressortir avec une nouvelle tête. Il me demanda comment on les coupait. Je lui souris d'un air distrait. « Comme d'habitude, comme vous voulez, ça m'est égal. » Il me fit remarquer qu'on ne s'était jamais vus. Je n'eus pas le cœur de lui démontrer le contraire.

Histoire de me changer les idées, je voulus finir mon après-midi dans un cinéma X. Sans mon costume pour me donner l'air adulte, la caissière me demanda si j'avais bien dix-huit ans. Je ne pris pas la peine de m'offusquer car je ne faisais pas mon âge. Je commençai à sortir ma carte d'identité mais, dans un éclair de lucidité, je la remis dans ma poche. À bien y réfléchir, je n'avais aucune envie que la caissière voie ma date de naissance. Elle allait me dire « C'est votre anniversaire, vous êtes tout seul ? » Il faudrait alors se justifier. Je préférais encore rentrer. L'air détaché, je lui dis que je n'avais plus envie de voir le film et rentrai me coucher. Sur le chemin, je tâchai de trouver la bande-son adéquate à ce jour extraordinaire. Mon dévolu se porta sur *The Sound of Silence*. Tard le soir, avant de m'endormir, la perspective du Mondial de l'automobile me fit frissonner. Il était regrettable que mes derniers moments de repos se soient conclus de la sorte mais je n'avais pu faire autrement. Pour une fois que j'aurais aimé que mon anniversaire soit un jour différent, il fut comme les autres. Ennuyeux. Décevant. Inutile.

17

Nous y étions. Le Mondial de l'automobile ouvrait ses portes et notre travail commençait pour de bon. La peur au ventre, je me rendis au Parc des expositions où des centaines de milliers de personnes viendraient se presser dans le seul but d'apercevoir des bouts de pare-chocs et de rétroviseurs. Drôle d'époque, pensai-je.

Les chefs hôtes nous accueillirent, la panique en bandoulière. On nous fit visiter l'endroit que nous aurions à nommer lieu de travail pendant plus de quinze jours ainsi que les stands alentour. Le groupe des prédateurs s'attarda sur ceux de Ferrari et de Porsche où les hôtesses étaient, paraît-il, des actrices de films porno dont le contrat interdisait le port de la culotte. Les garçons se tapèrent dans les mains, se jurèrent de revenir dès que leur emploi du temps leur permettrait et distribuèrent des clins d'œil en guise de rendez-vous. Chacun d'entre nous gagna son poste, conscient qu'une longue journée s'annonçait.

En rejoignant le petit cabanon qu'on appelait la banque, je découvris avec stupeur que j'étais le seul garçon. Pour la première fois de ma vie, j'eus la certitude d'être l'homme de la situation. Devais-je m'en réjouir ou m'en désoler ? La chef hôtesse aux postillons, qui passait de groupe en groupe pour s'assurer que tout était en ordre, vint nous exposer le détail de nos attributions. À l'écouter, notre mission consistait seulement à distribuer des prospectus aux clients qui nous le demanderaient. La facilité de la tâche ne manqua pas de m'intriguer.

— C'est tout ce qu'on aura à faire ? Rester derrière ce comptoir et donner des catalogues ?

La chef hôtesse me fit signe de ne pas m'emporter trop vite :

— Oui, mais n'allez pas croire que c'est un camp de vacances. En période d'affluence, la banque est l'endroit le plus stressant du salon. Je ne veux pas vous effrayer, mais vous verrez que certains clients peuvent être très agressifs.

Son petit discours de motivation me fit sourire. Je n'étais pas dupe. Qui diable se battrait pour des prospectus automobiles ? Personne ! Je pris place sur le tabouret duquel j'espérais bien ne pas bouger de la journée lorsqu'un autre chef hôte jugea qu'il était de son devoir à lui aussi de nous mettre en garde :

— Allez, tous à vos postes, hurla-t-il, rien ne va plus !

L'horloge qui indiquait dix heures nous informa que le salon ouvrait ses portes. Le silence qui s'apprêtait à se faire torturer pendant des heures fit son dernier tour de piste. Plus personne n'osait parler. Les souffles étaient coupés. Il était trop tard pour reculer. Au loin, des bruits s'élevèrent. Les bruits se firent cris, les cris se firent hurlements. La terre semblait trembler sous le poids d'une créature gigantesque. Cette créature, nous la vîmes apparaître soudainement, dotée de bras, de jambes et de têtes sens dessus dessous. Arrêt sur images. Un raz-de-marée humain s'abattait sur nous sans la moindre intention de s'arrêter.

18

Des gens m'attrapaient par la manche, m'attrapaient par le col, me postillonnaient au visage, m'agressaient verbalement. C'était la cohue. Catalogue à gauche, catalogue à droite, je ne savais plus où donner de la tête. Ils étaient fous. Pour une raison que j'ignore, seuls les catalogues semblaient les calmer. Je cessai de les donner en main propre pour les jeter à la ronde, comme des frisbees que la foule essayait d'attraper en plein vol. Je les regardais se jeter sur la pitance comme une meute de loups affamés, avec la crainte de me faire dévorer. Les traiter en humains était peine perdue. Ces créatures n'avaient que faire de la politesse, elles étaient en manque. À la pause, une des filles à côté de qui je travaillais s'effondra en larmes, à bout de nerfs :

— Je peux pas y retourner, je veux pas ! C'est des animaux ! Des sauvages ! Ils sont fous, je veux pas y retourner ! J'ai peur, j'ai l'impression que si je leur donne pas leur catalogue, ils vont me mordre.

La tâche était déjà difficile mais elle se compliqua encore lorsqu'on nous demanda de rationner les catalogues pour ne pas épuiser les stocks. La rumeur circula dans le salon que nos prospectus étaient devenus collectors et la demande s'en retrouva multipliée. Les gens nous suppliaient, nous menaçaient, mais nous avions la consigne de réserver l'objet convoité aux personnes achetant des voitures. L'argument de vente me paraissait ridicule mais il avait le mérite d'organiser un tri sélectif :

— Bonjour, nous disait-on, je voudrais un catalogue.

— Je regrette, nous ne pouvons pas vous le donner.

— Pourquoi ça ? J'ai vu beaucoup de gens qui l'avaient.

— Nous ne donnons le catalogue qu'aux personnes ayant acheté une voiture.

— Je suis un client Citroën depuis plus de quarante ans.

— Je comprends. Mais seuls les clients du salon bénéficient du catalogue.

— Mais je vous dis que je suis client Citroën ! J'ai une Xantia !

— Je suis désolé, Monsieur, mais si nous donnions un catalogue à tous les propriétaires de Citroën ici présents…

— Mais vous l'avez donné à Pierre, à Paul et à n'importe qui !

— Pas n'importe qui ! Ce sont des clients du salon.

— Puisque je vous dis que je suis client, moi aussi. C'est quand même incroyable! Qu'est-ce qu'ils ont de plus que moi, vos clients du salon?

— Ils viennent d'acheter une voiture.

— Mais j'en ai déjà une, de voiture. Une Xantia, je vous dis! Je vais quand même pas en acheter une exprès!

— Pas de voiture, pas de catalogue!

Il n'y avait rien à faire. Le pire, c'était les vieux. S'ils n'arrivaient pas à obtenir leur foutu catalogue chez l'un, ils revenaient à la charge chez l'autre. Tous pensaient y avoir droit, eu égard à leur âge, au prix de l'entrée ou à leurs souvenirs de guerre:

— Vous refuseriez un catalogue à un ancien combattant?

— Ce n'est pas moi qui décide.

Moi, ce foutu catalogue, j'en aurais fait cadeau à tous ceux qui me le demandaient. Mais ne pas respecter les consignes, c'était prendre le risque de se retrouver sur le stand, à tourner sans relâche autour des voitures avec l'impossible mission d'en vendre une. Et ça, il n'en était pas question.

19

Conformément à la simplicité d'esprit qu'exigeaient mes fonctions, j'avais trouvé mon rythme de croisière en me faisant aussi bête que possible. L'esprit ailleurs, je souriais de façon mécanique et me comportais en robot. Les clients qui me demandaient un catalogue se voyaient remettre le premier papier que j'avais sous la main et très peu s'en rendaient compte. D'autres, plus rares, revenaient me voir pour protester :

— Monsieur, je vous ai demandé la brochure de la C6.
— Oui ?
— Et vous m'avez donné celle de la C2 !
— Ah ? Et alors ?
— Mais ça n'est pas du tout la même chose !
— Oh, vous savez, ça n'est jamais qu'une voiture.

20

Les clients constituaient une nuisance mais le problème venait surtout de mes collègues. Ceux qui n'avaient pas eu la chance de finir à ma place, assis derrière un comptoir, ne goûtaient plus vraiment cette répartition des postes.

Du coin de l'œil, je les regardais faire les cent pas autour de leurs véhicules. Des centaines de personnes venaient les agresser pour leur demander des informations aussi essentielles que la vitesse des essuie-glaces, la texture du pommeau de vitesse ou la tonalité du klaxon. Je les plaignais en même temps que je les maudissais. Pas une minute ne s'écoulait sans que l'un d'entre eux vienne me voir pour me supplier de le remplacer. Je les écoutais d'une oreille attentive et déclinais leur proposition en m'efforçant de garder le sourire. Pour qui me prenaient-ils ? J'aurais préféré mourir que d'être à leur place. Ma méthode de refus marchait plutôt bien jusqu'à ce qu'une dénommée Soraya fasse un malaise. Quand le chef hôte me demanda si je pouvais la remplacer, je lui répondis que l'idée ne me paraissait pas judicieuse :

— Je comprends, lui dis-je. Elle est fatiguée. Mais on pourrait peut-être lui donner à manger pour qu'elle reprenne des forces ? Moi aussi j'ai mal au dos et je me plains pas pour autant. Et puis je suis sûr que même sur une jambe, elle sera toujours plus efficace que moi.

Le chef hôte me regarda comme si je lui avais révélé que je mangeais des bébés loutres et me demanda si j'étais idiot :

— Elle fait le ramadan, crétin ! Alors tu vas me faire le plaisir de bouger ton gros cul pour aller la remplacer tout de suite ! Et t'as intérêt à me vendre de la bagnole parce que sinon tu vas avoir de mes nouvelles !

Contraint et forcé, je descendis de mon tabouret pour me diriger vers la voiture que j'allais devoir vendre. Comment diable allais-je m'y prendre ? L'épaisseur de la moquette me fit l'effet de sables mouvants dans lesquels j'aurais aimé disparaître. Arrivé devant le véhicule, je pris ma respiration. Je sortis mon badge de ma poche, l'accrochai à ma chemise et m'approchai de mon premier client :

— Bonjour, je peux vous aider ?

Sans un regard, il me répondit d'aller me faire foutre.

21

La vente de voitures se révéla moins difficile que je ne l'avais craint. Après quelques heures de tentatives pour me rendre invisible, en vain, je découvris que rien ne m'obligeait à rester près de la voiture qu'on m'avait chargé de présenter. Avec la foule qui venait noircir le stand de monde, il était impossible pour les chefs hôtes de vérifier qui était à son poste. J'accueillis cette nouvelle comme un super héros qui se découvre des pouvoirs : je les mis en pratique sur-le-champ.

Dès lors, je pris mes libertés. À la moindre occasion, je me mettais à plat ventre, rampais dans une mare de jambes et de pieds, regard à gauche, regard à droite, puis je filais comme un crabe. En cavale dans le salon, je partais à la rencontre de ce troisième type passionné d'automobile au point de prendre en photos des pare-chocs et des enjoliveurs. Le reste du temps, je me réfugiais aux toilettes. Là-bas, je prenais du recul. Je comptais les chasses d'eau en jouant au Tetris jusqu'à ce que l'heure m'oblige à revenir faire acte de présence. Sur le stand, mes camarades me demandaient alors où je m'absentais pendant tout ce temps :

— Oh, j'étais pas loin.

Comme s'ils étaient doués d'un sixième sens, les clients m'évitaient. Les quelques inconscients qui me demandaient le volume de la boîte à gants ou des choses de ce genre, je faisais mine de ne pas les entendre, préférant me concentrer sur ma démonstration du siège arrière que je baissais et remontais de façon frénétique. Au cœur de la foule, comme je ne l'avais jamais été, j'observais le manège à bord duquel je m'étais embarqué. Je sentais les haleines, je voyais la sueur, je goûtais la nausée. Je m'intéressais particulièrement aux pères de famille qui venaient voir les hôtesses avec l'alibi de la voiture. On leur devait des phrases magnifiques telles que :

— La voiture est belle, mais pas autant que l'hôtesse…

— Et la vendeuse, elle est en option ?

— Oh, mais ce n'est pas dans la voiture que j'ai envie de monter !

— Ne faites pas la modeste, je suis sûr que vous avez un turbo sous la jupe…

Et puis il y avait les autres, moins bavards mais plus nombreux, qui préféraient agir. Les filles se plaignaient de mains aux fesses et de regards. Mal placés, ceux-ci s'attardaient sur des parties de leur anatomie que leurs fonctions les obligeaient à montrer. Autant dire, quasiment toutes. Excédée de se faire reluquer comme un poulet rôti, l'une d'elles finit par me prendre à partie au nom du sexe rustre que je représentais :

— Mais qu'est-ce que vous avez, les hommes, avec les jambes ? Qu'est-ce qui vous fascine tant là-dedans ? C'est quoi votre problème ?

22

Ma désinvolture n'était pas du goût de tous. L'un des chefs hôtes m'avait pris en grippe et vint me trouver le matin pour me signifier mon retard.
— Non mais tu as vu l'heure ?
— Vous avez l'heure, moi j'ai le temps.
Homme sans humour, le chef hôte n'appréciait pas le second degré :
— Non mais pour qui tu te prends ? Enlève-moi ce sourire narquois !
Je lui répondis que je n'y pouvais rien, que mon sourire était la simple expression de ma joie de vivre et que j'étais heureux de nature mais le chef hôte, à juste titre, n'en croyait rien. Il me reprochait tout : mon sourire, mon allure, ma cravate, mon retard, mon travail. Tout. J'étais son obsession. Chaque matin, il venait me pincer les joues au prétexte de vérifier mon rasage. Son rôle était de s'assurer que nous étions présentables et pour y parvenir, il avait

les pleins pouvoirs. Hirsute, l'un de mes collègues qui s'était vu reprocher sa pilosité avait ainsi subi l'humiliation d'une séance de rasage en public. Un Bic, des cris, la honte. Inutile de préciser que le chef hôte n'avait pas pris de gants.

J'aurais pu craindre qu'il me fasse subir les mêmes sévices si, par chance, je n'avais été imberbe. Sa quête du poil qui dépasse n'ayant aucune chance d'aboutir auprès de moi, il essaya autre chose.

Il me reprochait l'état de mes cheveux qu'il jugeait grotesques et immatures.

— Il faut me couper ça. On dirait un nid d'oiseaux.

Je lui répondis qu'il n'en était pas question et lui conseillai de me laisser tranquille.

— Un jour, cette coiffure sera ma couronne.

Le chef hôte s'énerva de plus belle et me jura qu'il lui suffirait d'un mot pour se débarrasser de moi. Un seul. Je pensai à cette chanson de Dalida dont le refrain répétait «Paroles, paroles, paroles» et je souris d'un air absent. Après tout, peut-être aurait-il mieux valu qu'il le dise, ce mot.

23

Les jours passaient. J'apprenais à connaître ceux qui m'entouraient. J'apprivoisais leur humour en mimant des fous rires et j'applaudissais machinalement les compétitions de rots. Je jouais le jeu. Je me prêtais aussi aux concours de roulades pour feindre des chutes au milieu de la foule mais, dès que l'occasion m'était donnée, je m'arrangeais pour mettre des barrières. J'étais partagé entre le plaisir de m'intégrer et la volonté de me différencier. J'hésitais. C'était stupide mais je ne pouvais m'empêcher de me croire au-dessus des autres. Je redoutais de m'abrutir. Manifestation soudaine de ce snobisme déplacé, j'utilisais un langage beaucoup trop soutenu :

— Putain, vise la meuf!

— C'est vrai que cette courtisane inspire une certaine concupiscence.

— Ramène ton cul, y a du poisson pané à la cantine!

— Non merci. Les idiosyncrasies d'un estomac d'artiste s'accordent mal avec les agapes maritimes.

En parallèle, je gardais toujours sur moi un livre en guise de talisman. Il déformait mon costume mais je n'en avais cure. Véritable bouclier contre l'appauvrissement intellectuel environnant, je le sortais de ma poche lorsque les discussions sur l'art et la manière de péter en couleur me donnaient la nausée. Je le brandissais alors à bout de bras pour que tout le monde le voie.

Dans ces moments, mes collègues me regardaient comme un arbitre qui sort un carton rouge et je leur expliquais, d'un sourire embarrassé, que c'était plus fort que moi. Ils haussaient les épaules, me traitaient de grosse tête et d'intello puis me regardaient m'éloigner comme une espèce en voie de disparition. Je marchais la tête haute et le pas vif, comme un académicien en retard pour un débat sur l'accent circonflexe. Cependant je me retrouvais toujours face au même problème : je savais dormir debout mais pas lire debout. C'est pourquoi je finissais par me réfugier aux toilettes, encore et toujours. Confortablement installé dans la cabine où j'avais mes repères, j'y lisais des classiques dans l'espoir de m'instruire et de récupérer les neurones que je perdais sur le stand.

Sur fond de flatulences et de clapotis urinaires, je m'imprégnais de Fitzgerald, Modiano ou encore McInerney. Lire ces chefs-d'œuvre en pareil endroit me donnait l'impression de commettre un crime de lèse-majesté mais je me consolais en me convainquant du bien-fondé de ma démarche. Je n'avais pas le choix. C'était m'instruire ou mourir. Le contraste entre les histoires dont je m'abreuvais et celles dans lesquelles je me débattais me donnait un vertige nécessaire. Je constatais le gouffre entre la fiction et la réalité. Quand j'enrageais de me laisser dévorer par celle-ci, je me demandais ce qu'aurait fait Gatsby le Magnifique à ma place. J'essayais de me persuader qu'il aurait pris la chose avec le sourire, un verre de champagne à la main, profitant de ce salon pour improviser, dans les toilettes ou ailleurs, l'une de ces fêtes dont il avait le secret. Mais à bien y penser, je savais que Gatsby ne se serait jamais abaissé à travailler. C'était contraire à tous ses idéaux. Et puis il vivait dans un livre, lui. Gagnant sa vie en chapitres, il n'était pas soumis aux contingences matérielles. Il ne connaissait pas de problèmes d'horaires. Je l'enviais. Plus que jamais, j'aurais voulu être le héros d'un roman, rien que pour sauter ces pages de mon histoire qui me semblaient superflues.

24

Dans l'espoir hypothétique de semer les heures et les clients qui me couraient après, je tournais autour des voitures en comptant le nombre de mes pas. Mes calculs indiquaient que j'avais parcouru une distance équivalente à celle de la Terre à la Lune lorsque je fis la connaissance de Johanna.

Fille de la campagne dont le franc-parler rappelait pourquoi l'hypocrisie n'avait peut-être pas que des défauts, Johanna aimait poser des questions qui dérangent.

— T'as quel âge? me demandait-elle tout le temps.

Dans un excès de pudeur, je lui répondais que c'était personnel. J'avais conscience d'être plus vieux que les autres et l'idée de me l'entendre dire ne m'enchantait pas vraiment. Un jour, je finis par lui avouer:

— J'ai vingt-six ans.

Elle éclata de rire:

— Oh mais t'es complètement vieux, en fait !

Je voulus changer de sujet au moyen d'une transition marquée par un haussement d'épaules mais elle ne me laissa pas continuer :

— Ben qu'est-ce tu fais là, alors ? À ton âge, je croyais qu'on avait un travail, des voitures, une famille, des enfants !

À court de réponses spirituelles, je lui confirmai en baissant la tête que j'étais un pauvre type mais Johanna n'était pas du genre à se contenter d'auto-apitoiement :

— Non mais sérieux, qu'est-ce que tu fais là ?

— Ce que je fais là, répondis-je, j'en ai pas la moindre idée.

Il y avait l'argent, bien sûr, mais je savais que ça n'était pas une raison. C'était un manque, un besoin, un prétexte, mais pas une raison. Les gens qui me demandaient « Qu'est-ce tu deviens ? », « Qu'est-ce tu fais là ? », avaient le don de me plonger dans l'embarras. Ils avaient toujours l'air d'attendre des révélations sensationnelles et je n'avais rien à leur proposer. Ça m'ennuyait profondément.

— Je suis là parce que... Euh, il faut bien faire quelque chose, pas vrai ?

Johanna me regarda comme un éléphant dressé maladroitement sur ses pattes arrière. Sceptique. Elle fronça les sourcils et m'invita à continuer :

— Et puis parce que je savais pas quoi faire d'autre. Il y a ça, aussi.

Elle leva les yeux au ciel et soupira. Ma réponse

parut la consterner. Je voulus me justifier en lui jurant que c'était toujours mieux que rien mais Johanna me coupa la parole :

— Mais après, tu vas faire quoi ?
— J'aimerais bien le savoir…
— T'as toujours été aussi paumé ?

Après un instant d'hésitation, je lâchai d'une voix lasse :

— Je crains que oui.

# 25

Baptisée à tort, la salle de pause aurait dû se nommer cagibi des soupirs. Petite geôle que le gang des prédateurs et tous ceux qui tenaient à leur bonne humeur évitaient comme la peste, la salle de pause était un vieil Algeco fatigué qui semblait avoir été abandonné sur le parking à l'orée des années 80. Du décor à l'air environnant, tout respirait la défaite. Les néons défaillants fendaient le cœur des tables vermoulues tandis que la bande-son célébrait la détresse au rythme de chœurs féminins qui répétaient à l'envi des refrains tels que « Ce sont des bêtes », « On tiendra jamais », « On va tous mourir » ou « Je démissionne ce soir. »

Manger dans ces conditions, c'était exposer sa digestion aux risques de la dépression. Du coup, je voyageais en solitaire dans les flots de ce salon où les filles servaient d'enjoliveurs. Je regardais ces hommes photographier des mannequins en leur demandant de s'allonger sur le capot dans des poses suggestives. Était-ce pour ça qu'on avait créé la roue ? Inventé la voiture ? Voir ces types se comporter comme s'ils descendaient non plus du singe mais du porc me faisait de la peine.

Déconcerté par le spectacle, je déambulais dans les allées à la recherche d'un indice. Qu'est-ce qui motivait tous ces gens ? Quels étaient leurs désirs ? Quels étaient leurs plaisirs ? À les regarder aller et venir, je compris qu'ils n'en avaient tout simplement pas. Ils avaient l'air pressés, ça oui, mais ils n'avaient pas non plus l'air de s'amuser. J'allais en déduire que tous ces gens étaient là parce qu'ils n'avaient rien d'autre à faire, comme moi, lorsque j'aperçus un homme sangloter de bonheur devant la nouvelle Twingo.

— Elle est si belle, geignait-il. C'en est indécent.

Après l'avoir longuement observé, fasciné, je repartis travailler, les bras chargés d'une interrogation supplémentaire. Pourquoi restais-je insensible face aux voitures ? Y avait-il une dimension érotique qui me dépassait ? Malgré tous mes efforts pour m'y intéresser, toutes ces voitures au point mort dont les phares me menaçaient en silence, moi, ça me faisait froid dans le dos.

26

La fuite était de loin mon passe-temps favori mais quand le regard suspicieux du chef hôte interdisait l'éclipse, je m'occupais comme je pouvais. J'analysais les gens, je comptais leurs sourires, leurs cheveux, leurs silhouettes et j'en tirais des conclusions. Si le panel de ce salon constituait un échantillon représentatif de la population, je constatais que j'avais de grandes chances de finir gros, triste et chauve.

Quand l'affluence ne me permettait plus d'élaborer des probabilités, je m'octroyais une parenthèse artistique. Je soufflais sur les vitres des voitures et dessinais sur la buée du bout des doigts. Je n'étais pas le seul à jouer ce petit jeu car je retrouvais par la magie de la condensation les œuvres laissées par mes prédécesseurs. Certains rédigeaient des inscriptions priant celui qui les lirait d'aller « niquer ta mère », d'autres se contentaient de fleurs et de petits cœurs.

Moi, selon mon humeur, je formais des têtes de mort ou des Pacman à bouche cousue.

Un jour où j'esquissais la potence d'un pendu pour élargir ma palette de pictogrammes, une de mes collègues me demanda ce que je dessinais.

— Une corde, lui dis-je.

— Mais pourquoi tu dessines une corde ?

De ma voix la plus grave, je lui répondis d'un ton solennel :

— Parce que je veux me pendre.

Elle eut un mouvement de recul, comme si je lui annonçais que j'avais la lèpre, et me posa la main sur l'épaule.

— Mais faut pas faire ça, me dit-elle. Il y a toujours une solution.

— Pas toujours…

— Mais si !

— Je sais pas, soupirai-je en me mordant la lèvre pour ne pas rire… Des fois, ça sert à rien d'insister. Il faut se faire une raison.

Elle me regarda d'un air horrifié comme si mes prétendues pulsions suicidaires allaient la contaminer et me pria de rester où j'étais. Sans me quitter des yeux, elle partit à reculons se positionner de l'autre côté de la voiture puis me surveilla du coin de l'œil jusqu'à ce que survienne l'heure de la pause. Quand la fille chargée de la remplacer vint à sa rencontre, je la vis me montrer du doigt. J'entendis qu'elle me traitait de « sataniste ». Je lui renvoyai un sourire inquiétant.

27

Sur ce salon où les klaxons étaient rois, le silence faisait office de souffre-douleur. Les rares fois où les visiteurs lui offraient un moment de répit, c'est ma collègue Johanna qui se débrouillait pour l'étrangler. Toujours prompte à la conversation, elle ne se lassait pas de me harceler. Elle élevait la curiosité au rang d'art conceptuel et m'interrogeait sur tout : mes cheveux, mes passe-temps, la couleur de mon caleçon… Une fois, elle me demanda même le goût de mon sperme. Mais ce qui la passionnait le plus était de savoir ce qu'on avait fait durant nos jours de congés :

— T'as passé un bon week-end ? me disait-elle avec une pointe d'excitation.

— Je sais plus.

— Comment ça tu sais plus ? Tu te souviens plus de ce que t'as fait ?

— Ben non.

— Mais c'est pas possible !

Je lui expliquais que j'avais la mémoire courte et que mes activités n'étaient pas du genre à marquer les esprits mais l'alibi de l'amnésie ne la contentait pas.

— Non mais sérieusement, qu'est-ce que t'as fait ? T'as regardé la télé ? T'as dormi ? T'es allé au restaurant ? T'as vu des amis ? T'as fait du sport ? T'es sorti ? Ben oui, t'es forcément sorti ! T'as fait quoi ? Hein ? Allez, dis-moi !

Face à cet interrogatoire existentiel, je devais plaider coupable. Je lui répondais que je n'avais rien fait et j'insistais sur la manière :

— Je n'ai rien fait, comme un lézard.

— C'est-à-dire ?

— C'est-à-dire que rien du tout, m'énervais-je. Je me suis mis à la fenêtre, j'ai fixé un point dans le ciel et j'ai attendu que le soleil s'en aille, comme un lézard.

Élevée dans une famille où Johnny Halliday faisait office de religion, Johanna avait grandi au son de *La Génération perdue*, misérable chanson dans laquelle on apprenait que « le samedi soir, la sortie était obligatoire ». Incapable de comprendre ce qui m'incitait à m'isoler de la sorte et à renoncer à ma condition d'être humain, elle ne savait jamais s'il fallait rire ou pleurer de mon emploi du temps. Elle me regardait alors d'un air compatissant et s'exclamait :

— Et t'as rien fait d'autre ?

— Non.
Je m'efforçais de rajouter que c'était déjà pas mal mais je n'en pensais pas un mot.

28

Pour conjurer l'ennui qui guettait entre les voitures échouées sur la moquette, le stand ne manquait pas d'animations. Il y avait les écrans géants qui diffusaient en boucle des publicités visant à expliquer tout ce que Citroën allait faire pour nous et qui m'empêchaient littéralement de penser. J'en connaissais la durée, les répliques et les intonations sur le bout des doigts. Parfois, je me surprenais à les réciter à haute voix.

Mais l'attraction phare du stand ne se trouvait pas sur les écrans de télévision. Pour attirer le chaland, les responsables avaient eu l'idée d'installer un automate en forme de voiture qui se dressait sur ses pneus pour s'animer comme un Transformer. L'attraction me paraissait d'un intérêt limité mais semblait fasciner les passants. Toutes les demi-heures, le petit manège recommençait en provoquant des mouvements de foule dignes de Disneyland.

De loin, je regardais le robot s'activer et répéter inlassablement les mêmes gestes jusqu'à ce qu'un interrupteur l'autorise à se coucher. J'avais envie d'aller lui mettre la main sur l'épaule : « Tiens bon, lui aurais-je dit, je suis avec toi. » J'espérais qu'il devienne fou, qu'il brise ses chaînes et piétine quelques badauds qui seraient toujours autant de clients en moins ; mais il s'obstinait à paraître aussi sage que ridicule.

Comme moi.

29

Les toilettes étaient devenues ma résidence secondaire. J'avais peu à peu fait de ma salle de lecture un quartier général où je me réfugiais dès que l'occasion se présentait, pour manger ou pour souffler. J'y étais bien. Les néons ronronnaient, les murs étaient blancs, les chasses d'eau chastes et le silence beau. Ces moments me faisaient l'effet de vacances. Ça n'était pas le grand luxe mais c'était du bon temps: le seul à ne pas s'éterniser dans ces journées sans fin. Seulement, je découvris à mes dépens qu'on n'était jamais vraiment tranquille, pas même en son propre royaume. Un jour où j'étais assis sur mon trône, plongé dans la lecture de *L'Homme sans qualités*, deux types vinrent troubler ma quiétude. Au mépris de toutes les règles élémentaires de bonne conduite exigeant qu'on ne s'approche pas à moins de cinq mètres d'une personne en train de déféquer, je vis leurs pieds s'arrêter devant ma cabine.

— Putain, fit l'un d'eux. Regarde, y en a un qui chie!

Mon cœur s'arrêta de battre. Comme il était trop tard pour relever les pieds, je m'abstins de bouger. Je retenais ma respiration quand l'autre s'approcha de la porte en faisant mine de forcer la poignée. Il frappa trois coups secs et demanda d'un ton détaché:

— Alors, pépère! On t'emmerde pas trop j'espère!

Les deux types riaient comme des enfants qui s'amusent à arracher les pattes d'une mouche. Le souvenir de la corde que j'avais dessinée sur une vitre me revint à l'esprit. Cette fois-ci, j'aurais voulu mourir. Pour de vrai. J'envisageais de disparaître au fond de la cuvette lorsque la porte se remit à trembler sous les coups.

— Hey! T'as besoin de compagnie?

Je voulus répondre que non, merci, je m'en sortais très bien tout seul, mais la peur m'empêchait de parler. Comment me sortir de ce mauvais pas? Comment réchapper à cette affaire? Tirer la chasse, ouvrir la porte et leur faire face? Laisser courir? Appeler à l'aide? Dans le doute, je choisis de ne pas bouger.

Par bonheur, l'architecte du lieu avait jugé bon, quand même, d'accorder un minimum d'intimité à ses occupants en fermant le haut des cabines. Mes tortionnaires ne pouvaient donc pas se hisser pour mettre un visage sur mes pieds. Le seul moyen qu'il leur restait pour m'identifier exigeait de coller la face contre terre et, Dieu merci, le sol était assez humide pour ne pas inciter à un tel exercice. Quelques minutes plus tard, leurs rires s'étaient estompés et je les entendis s'impatienter :

— Qu'est-ce qu'on fait ? demanda l'un.
— On l'attend ! répondit l'autre.
— Mais il a pas l'air décidé à sortir…

Se rendaient-ils seulement compte que je pouvais les entendre ? Je l'ignore.

— Il faudrait l'enfumer comme un renard dans son terrier. Il serait obligé de sortir.
— T'as un fumigène sur toi ?
— Ben non.
— Alors pourquoi tu dis ces conneries ?
— Je sais pas, je disais ça comme ça.
— On va pas l'enfumer, c'est un coup à se faire virer.
— Ouais, mais ce s'rait drôle, t'imagines la gueule du mec qui sort des chiottes le futal sur les chevilles avec les larmes aux yeux et la merde au cul ?

Les deux types repartirent dans un fou rire et s'éloignèrent de la porte derrière laquelle je suffoquais. Je vis leurs chaussures disparaître tandis qu'un robinet se mettait en marche. Je saisis l'occasion pour reprendre ma respiration sans craindre d'être entendu. Je commençais à penser qu'ils m'avaient oublié quand l'un d'eux me cria :

— Allez, salut la taupe !

30

Je ne sus jamais qui avait tenté de m'enfumer dans les toilettes mais l'expérience me servit de leçon. À défaut de l'occuper efficacement, je devins fidèle à mon poste. Loin de me rendre aussi malade que je le craignais, je découvris ainsi que la sédentarisation était la clef de l'intégration. Mes camarades cessèrent de m'appeler le fantôme ou l'intello pour m'appeler par mon nom. Cette nouvelle considération me fit me sentir moins à l'écart. Je n'étais pas encore totalement un des leurs mais je ne leur faisais plus peur. Je souriais quand ils me regardaient. Je répondais quand on me parlait. Je riais quand il le fallait. Enfin, j'avais l'air normal.

Il me fallait sortir de mon rôle de spectateur pour cesser de juger les autres comme les comédiens d'une farce. Je devins partie prenante. Je me laissais enfermer dans le coffre pour faire peur aux clients, je signalais au jaguar les proies dignes d'intérêt, je laissais Johanna me citer Johnny Halliday. Je jouais le jeu. Je faisais comme si, et puis la journée s'achevait. Dans un cortège de rires et de hourras, nous quittions alors la quatrième dimension du salon pour revenir sur terre où nous attendait le vestiaire.

Lieux de détente et sas de décompression, les vestiaires donnaient l'occasion de se changer tout en dressant l'épitaphe de la journée écoulée. Les prédateurs comparaient les numéros récoltés tandis que les commerciaux se racontaient les ventes réalisées à grand renfort de gestes et d'hyperboles. Leur terrain de chasse n'était pas le même mais leurs intentions se rejoignaient : ils voulaient faire du chiffre, rien de plus. À côté, certains baissaient la tête, penauds, cherchant dans leurs casiers les forces et le moral qu'ils avaient égarés ; mais ceux-là se faisaient rares. Dans le vestiaire, l'odeur n'était pas à la fête mais la bonne humeur était de rigueur. D'autres profitaient du déshabillage général pour exhiber leur torse nu dans l'encadrement de la porte où les filles laissaient traîner des regards entendus. Il y avait des bravos, il y avait des sifflets. Et puis, surgie de nulle part, une voix demandait :

— Quelqu'un veut voir ma queue ?

La même phrase. Tous les soirs. Sans exception. Certains répondaient, « demain peut-être », d'autres criaient, « plutôt mourir » et tout le monde ou presque éclatait de rire. C'était le signal que la journée s'achevait et chacun s'en allait de son côté, non sans se saluer de surnoms aussi improbables que « Gazoile », « Pied de biche » ou « Biroute ».

Moi qui avais longtemps fui ce genre de rassemblements où je me sentais mal à l'aise, je trouvais dans cette routine et cette ambiance des sources de bien-être. Sans que je me l'explique totalement, j'aimais l'idée d'appartenir à une confrérie masculine avec ses règles, son code de l'honneur et son humour. Je n'avais plus le temps de lire ou de réfléchir mais je ne m'en plaignais pas. C'était reposant. Je me sentais entouré mais pas oppressé. En rentrant chez moi, le soir, je me surprenais à penser au lendemain avec impatience. L'idée que je commençais à prendre goût au travail me traversait l'esprit mais je la repoussais d'un mouvement de tête désapprobateur. J'avais encore du mal à le croire.

31

Un soir, Bruno me téléphona. Il me parla du temps, de son argent, de football et de voitures puis se racla la gorge :
— Bon, venons-en à l'essentiel. Comment ça se passe avec les femmes ?

Je toussai un peu, gêné, puis je lui répondis que ça ne marchait pas des masses. Il y avait bien Johanna qui ne semblait pas insensible à ma personne, mais sa passion pour Johnny et son combat contre l'épilation féminine l'avaient définitivement dépourvue de tout charme à mes yeux. Bruno fit alors mine de s'énerver en me demandant si je le faisais exprès :
— Non mais tu te rends compte ? Toutes ces hôtesses à portée de main, c'est la chance de ta vie. Dis-toi bien qu'autant de femmes au mètre carré, ça t'arrivera peut-être plus jamais avant la maison de retraite. Pense à ce que je te dis.

Les propos de Bruno me firent visualiser un enclos géant rempli de femmes dénudées dont j'aurais été le berger. L'idée me fit sourire, puis son insistance m'amena à lui expliquer :

— Écoute, je suis désolé de te décevoir mais je suis pas sûr que le Mondial de l'auto soit le meilleur endroit pour trouver l'amour.

— Mais si ! Au contraire ! Ils l'ont dit au 20 heures hier soir : il paraît que 75 % des hommes rencontrent leurs femmes sur leur lieu de travail ? Tu le savais, ça ?

L'œil rivé sur une rediffusion de télé-réalité où les candidats jouaient à saute-mouton, je lui répondis que non, je l'ignorais :

— Tu comprends ce que ça veut dire ? T'as dix fois plus de chances de séduire une fille qui travaille avec toi que dans la vraie vie. C'est mathématique !

Je réfléchis à ce que m'annonçait Bruno avec l'assurance d'un statisticien chevronné puis je lui fis remarquer, dans un soupir :

— Avant de séduire une fille, il faut déjà en avoir envie.

À travers le combiné, j'entendis Bruno jurer mille millions de mille sabords et m'insulter :

— Tu vas quand même pas me dire que sur plus de mille femmes en jupe, il n'y en a pas une qui te plaît ? C'est quand même incroyable ! Finir le Mondial de l'auto sans ramener le moindre numéro, ce serait du jamais vu ! Tu te rends compte que certains tueraient pour être à ta place ? Tu t'en rends compte ou pas ?

Je me retins de lui demander s'il était de ceux-là puis lui répondis, navré, que j'étais difficile, voilà tout.

J'avais fini par me convaincre que c'était génétique et que je n'y pouvais rien. Certains manquaient de calcium, d'autres de sucre. Moi, je manquais de sentiments. Je regardais les filles avec plaisir mais les papillons que certains voyaient en leur présence restaient désespérément hors de ma vue.

32

Je ne savais pas m'y prendre avec les femmes. Mon comportement exaspérait Bruno mais fascinait Johanna. Comme si mes cheveux, acrobates, ou mon caractère, ovipare, constituaient des miracles de la science qu'il fallait approfondir au moyen d'une savante batterie de questions, Johanna continuait de m'interroger sur ma vie avec une application qui allait parfois jusqu'à la prise de notes. Un jour, elle aborda le sujet de l'avenir qui ne manquait jamais de me faire froid dans le dos :

— Tu te vois où dans dix ans?

— Je sais pas, j'ai déjà du mal à me voir dans un miroir. Alors dans dix ans...

— Non mais sérieusement. À qui tu voudrais ressembler plus tard?

Mon regard se fixa sur une voiture dont les phares évoquaient des yeux réprobateurs. Comme si mon avenir me mettait en garde.

— Attention à ce que tu vas dire...

Sans la regarder, je lui fis part de mes doutes existentiels :

— Ça t'arrive jamais d'avoir l'impression de n'être personne ?

Johanna me regarda comme si j'avais avoué un horrible meurtre.

— Comment tu peux dire une chose pareille ? Tu vas forcément devenir quelqu'un.

— J'ai surtout peur de devenir quelqu'un que je déteste.

33

L'activité salariée agit parfois sur le temps comme un miroir grossissant. Je pensais travailler depuis des siècles mais une semaine de salon seulement s'était écoulée quand, un matin, on m'annonça le décès de ma grand-mère. Le téléphone raccroché, je me postai à la fenêtre pour essayer de repérer quelque signe dans le ciel ou ailleurs qui aurait pu me permettre d'anticiper cette nouvelle. Il faisait beau. Rien de plus. Cas de force majeure, l'enterrement me permit néanmoins de sécher le travail pour une raison légèrement plus valable que « mon réveil n'a pas sonné ». Quand je prévins le chef hôte du motif de mon absence, il me demanda si ça allait.

— C'est bon, c'était jamais rien que ma grand-mère, elle était vieille.

En m'écoutant parler, j'eus la conviction d'être un monstre.

L'enterrement se déroulait dans la région lyonnaise, à deux heures de Paris. Je pris le train vêtu de mon costume de travail. Dans la vente comme dans la mort, mon habit était de circonstances : pas besoin de me changer. Pendant le voyage, la culpabilité me serra la gorge. Je rentrais, seulement trop tard.

Sur le parvis de l'église, j'aperçus mon père et ma mère que je n'avais pas vus depuis des mois. De plus près, l'évidence me sauta au visage : ils avaient vieilli. Loin de me reprocher mon allure et mes cheveux, comme ils avaient coutume de le faire, ils me tombèrent dans les bras. Cette marque d'affection me surprit. Ce décès semblait effacer tous mes péchés.

La cérémonie me donna l'occasion de constater que j'ignorais tout de la marche à suivre : c'était mon premier enterrement et, contrairement à d'habitude où je m'inspirais de films ou de séries pour adopter le comportement approprié, je n'avais aucune scène à laquelle me référer. Je pris donc modèle sur mon frère, plus âgé, qui avait vu plus d'une fois l'intégrale de *Six Feet Under*. Je me mordis les lèvres pour faire monter les larmes mais la ruse resta sans effet. Je parcourus la salle du regard et ce que je vis me fit froid dans le dos. Une vieille femme à la perruque de travers, un vieil homme à la braguette ouverte, une dizaine de personnes ; l'enterrement de ma grand-mère ne faisait pas recette. Elle était morte seule.

Aurais-je plus de succès le jour de ma mort ? J'en doutais sérieusement. Les yeux rivés sur la grande boîte en acajou dans laquelle reposait ma grand-mère, je voulus invoquer son image, une dernière fois. Sans succès. Était-elle grande ? Petite ? Sévère ? Souriante ? Je ne m'en souvenais plus. J'aurais aimé la voir une dernière fois pour mettre un trait final sur son visage mais le couvercle du cercueil était fermé. Le seul qualificatif qui me reviendrait à l'esprit pour la décrire était donc celui de « vieille ». C'était désolant. Après réflexion, j'en vins à la conclusion qu'on était décidément bien peu de chose. Dans ces cas-là, les clichés avaient droit de cité.

À la sortie de l'église, quelques personnes vinrent nous présenter leurs condoléances. Un oncle que je n'avais pas vu depuis des lustres me prit pour ce que je n'étais pas.

— Bonjour jeune fille, me dit-il.

Pour ne pas l'offenser, je lui répondis d'une voix aiguë qui le conforta dans son idée.

Une vieille femme vint me serrer la main en me demandant si c'était moi qui avais donné tant de soucis à ma grand-mère. Je lui dis que je n'en savais rien.

— C'est bien vous qui avez fait tous ces métiers pas possibles ?

J'avais pris l'habitude, quand j'écrivais à ma grand-mère, de m'inventer des vies exotiques qui m'amenaient à parcourir le monde. Pour ne pas lui infliger mon vide existentiel, je m'étais improvisé chasseur de serpents, parachutiste, homme-canon, homme-sandwich, archéologue, pilote de sous-marin, champion de catch ou encore dresseur de fourmis. Pour rajouter du sel à mes histoires, je m'étais aussi inventé des blessures de guerre. J'avais successivement perdu un doigt, un coude, ma pomme d'Adam, mes sourcils, une dent, et même un bout de fesse. Je me rendais compte maintenant que j'étais allé trop loin. Toutes ces histoires qui n'avaient eu d'autre but que celui de la divertir l'avaient en fait effrayée.

— Et maintenant, vous faites quoi ? me demanda la petite vieille.

— Je vends des voitures.

— Oh! Mais c'est bien, ça! C'est un beau métier. Si seulement elle était encore là pour le voir, elle serait si fière!

34

La nuit qui suivit l'enterrement fut traversée de turbulences. Incapable de trouver le sommeil, je réfléchis aux conséquences possibles de ce décès sur ma vie et je dus me rendre à l'évidence : j'étais terrorisé. La mort ne m'avait jamais approché autrement qu'en rêve. Je l'imaginais comme un tremblement de terre, menace exotique qui ne sévit qu'à l'autre bout du monde. J'en avais été témoin au cinéma, à la télé, dans les JT, dans les séries, mais maintenant je la voyais plus vraie que nature. Pour la première fois, je m'apercevais qu'elle n'était pas si loin. Pire, je la sentais soudain grandir en moi. Même s'il me coûtait de l'admettre, moi aussi je vieillissais.

Je me croyais à peine sorti de l'enfance ; je comprenais maintenant que je n'étais pas si loin de la fin. Ma grand-mère s'était éteinte et mes parents prenaient le même chemin. J'étais leur successeur.

J'avais des responsabilités vis-à-vis d'eux. J'avais le droit de ne pas avoir d'ambition mais j'avais le devoir de faire semblant. Mes parents se réjouissaient de me voir travailler, ma grand-mère en aurait fait autant. Peut-être était-il temps pour moi de ranger au placard celui des rires et des chants pour enfin devenir adulte. Peut-être devais-je me résoudre à faire ce qu'on attendait de moi plutôt que de chercher en vain ce dont j'avais envie. Mes velléités artistiques n'aboutiraient à rien. Mon projet de livre ne suffisait pas à remplir une quatrième de couverture et je changeais sans cesse d'idée. Ma dernière lubie consistait à écrire un roman de science-fiction k.dickien où les voitures prenaient la parole et se dressaient sur deux roues pour renverser les humains, mais le poil que j'avais dans la main me ligotait à mon lit dès que mes obligations professionnelles me laissaient le champ libre.

J'étais tout seul, plus très jeune, presque vieux et je vivais en marge. Du haut de ma fenêtre avec vue sur le local à poubelles, je me sentais inutile.

Je ne pouvais plus continuer comme ça, à me réfugier dans les toilettes en attendant que le temps passe. Je ne pouvais plus passer mes anniversaires à maudire la terre entière. Je devais grandir. Vivre caché ne m'avait pas rendu heureux. Bien au contraire. En me laissant vivre, j'avais perdu pied. De nature mélancolique, j'avais inconsciemment tout fait pour le devenir un peu plus. Il était temps pour moi de faire volte-face. Puisque je n'étais parvenu à rien dans ce sens, j'allais désormais faire le contraire de ce que me dictait mon instinct. J'allais arrêter de traîner aux côtés de l'ennui, du sommeil et de la paresse. J'allais changer. Puisque c'était ce que tout le monde attendait de moi, j'allais retrousser mes manches et travailler. J'allais m'employer jusqu'à ce qu'on me décerne une médaille. Au diable le journalisme, au diable la littérature. Il me restait une semaine avant la fin du salon. Puisque je n'avais pas d'autres perspectives, j'allais vendre des voitures.

35

À peine levé, le soleil me donna sa bénédiction. J'ignore s'il saisissait pleinement le retournement de situation que je m'apprêtais à opérer mais il m'encouragea de façon chaleureuse. Je me rendis au travail les yeux cernés de fatigue mais brûlants de détermination. Quelques personnes vinrent me présenter leurs condoléances, je leur dis de me laisser tranquille. Je n'avais plus envie de m'apitoyer sur mon sort. Je voulais seulement travailler sans plus attendre. Quelques dizaines de minutes me suffirent pour réaliser ma première vente. Au bout de quelques heures, j'en avais fait plus d'une douzaine. En observant les autres, j'avais assimilé sans m'en rendre compte toutes les techniques nécessaires à la négociation. Mes collègues n'en revenaient pas et moi non plus. Ils me demandaient quel était mon secret, je leur répondais en citant à peu près Jean Moulin :

— Il n'est pas si difficile de faire son devoir.

— C'est qui Jean Moulin? Un pilote de Formule 1?

Le deuxième soir de ma nouvelle carrière, alors que j'arrivais en tête du classement quotidien des meilleurs vendeurs, le chef hôte aux airs de sadique vint me demander si j'avais triché. Je lui répondis, d'un air détaché, que j'avais seulement changé. Il ne me crut pas.

— On ne change pas du jour au lendemain.
— C'est une question de volonté.
— Ne fais pas le malin.

On pouvait s'habituer à tout. La vie de vendeur de voitures n'avait jamais fait partie de mes projets professionnels mais elle commençait à me plaire. Je me surprenais à sourire en me levant. J'observais mon reflet dans le miroir avec le constat que mes traits s'affermissaient. Pour la première fois, je n'avais plus l'air de cet enfant apeuré sous les traits duquel je m'étais caché si longtemps. Je prenais confiance en moi. Je gagnais mon stand comme on rejoint sa famille. L'émulation de la vente me plaisait. Je m'amusais. D'ailleurs, je m'étais même pris au jeu des objectifs.

J'embobinais les clients en leur promettant des monts, des merveilles et l'impossible. Je leur parlais ristourne et garanties, je disais «contrat confiance». Je mentais sans vergogne. J'étais devenu un marchand de tapis qui ne pensait plus qu'à lui et ses commissions. Quelques jours avaient suffi pour me métamorphoser. J'étais une ordure, j'étais heureux.

Signe que la roue avait tourné, on me montrait en exemple. Les chefs hôtes qui m'avaient eu à l'œil ne me quittaient plus des yeux, à la différence près qu'ils ne se surveillaient plus : ils m'admiraient. Mes collègues étaient devenus mes amis. Par mimétisme, je sifflais aussi les filles. Je leur donnais des notes. Le groupe des prédateurs m'avait accueilli en son sein sous le sobriquet flatteur du crocodile dandy. Je prenais ce nouveau nom de baptême comme un compliment, sans perdre de vue l'imposture que je m'efforçais d'entretenir. J'avais l'air d'un prédateur mais je n'en étais pas un. Je suivais les autres, j'étais juste un mouton. L'illusion fonctionnait auprès de tous à l'exception de Johanna qui n'était pas dupe. Mécontente de me voir changer de la sorte, elle ne se priva pas de me dire que mon évolution n'était pas à son goût :

— Je comprends mieux pourquoi ton père t'a traité de serpent.

— Pourquoi ?

— Parce que tu changes de peau comme de chemise. Hier, tu étais le roi des feignants et aujourd'hui tu es le prince des vendeurs. C'est effrayant. Je pensais que tu avais une personnalité mais je me rends compte que c'est le contraire. Tu n'en as aucune. Tu es vide à l'intérieur. Je pensais que tu étais différent mais dans le fond, tu es comme les autres.

Elle avait sans doute raison, j'en étais le premier désolé.

36

Je travaillais d'arrache-pied. La facilité avec laquelle je tenais mes résolutions m'étonnait. Était-ce si facile de changer de vie ? Il fallait croire que oui. J'en venais à penser que jusqu'ici je m'étais trompé sur ma vraie nature. Longtemps, j'avais cru être un paresseux. Étais-je en fait un besogneux qui s'ignorait ? Peut-être m'étais-je simplement pris pour quelqu'un d'autre. C'était possible. Je n'avais plus aucune certitude. Je voyais les choses sous un nouveau jour et doutais de tous mes traits de caractère. Même l'échelle du temps me paraissait différente. Labyrinthe dans lequel j'aimais me perdre en semant des regrets, le passé m'avait toujours paru plus important que les histoires en cours. Désormais, c'était l'inverse. Depuis que je m'adonnais au labeur, le présent me prenait tout mon temps et je n'y voyais aucun inconvénient.

Seulement, le passé ne l'entendait pas de cette

oreille. Mécontent de me voir lui tourner le dos sans intention de me retourner, il se rappela à mon bon souvenir au détour d'un matin nuageux. Alors que je partais travailler cravaté jusqu'aux dents, le hasard me plaça sur le chemin de Stéphanie et de son copain qui rentraient de soirée, des paillettes plein les cheveux. L'image me frappa de plein fouet. Ma journée commençait là où leur nuit se terminait. Fallait-il que la roue ait tourné à ce point?

L'idée de changer de trottoir me traversa l'esprit mais je me souvins du pacte que j'avais conclu avec moi-même : je devais faire tout le contraire de ce que me dictait mon instinct. Je ne devais pas fuir. Je mis donc ma rancœur de côté pour avancer à leur rencontre d'un pas décidé. Chazz eut un mouvement de recul. Stéphanie fronça les sourcils :

— *Machin ?* C'est toi ? Mais qu'est-ce que tu fais déguisé comme ça ?

Je lui répondis que ça n'était pas un déguisement mais mon costume de travail. Stéphanie faillit s'étrangler :

— Toi ? Travailler !

— Tout arrive...

D'un signe de tête, je parviens à changer de sujet en me tournant vers Chazz :

— Alors, la musique ?

Comprenant enfin que je n'étais pas de la police, Chazz reprit son assurance légendaire pour m'expliquer que son disque allait faire plus de bruit que le big bang.

— On sera le premier groupe à jouer sur la Lune. Ça va être énorme, mec! On est les nouveaux «Wouh». L'Angleterre est déjà à nos pieds.

— C'est cool.

— Putain ouais! Les groupies sont comme des folles. Si tu savais comme je nique!

Stéphanie le fusilla du regard et lui mit une tape sur la tête. Chazz bredouilla que, bien sûr, il plaisantait, puis me demanda, intrigué, où je m'étais procuré ce costume de scène.

— Je l'ai acheté chez H&M.

Chazz haussa les épaules et m'annonça d'un ton solennel:

— Ouais... De toute façon le rock en costard façon Roxy Music, c'est terminé.

Je lui répétai que ça n'était pas un costume de scène et Chazz me concéda d'une voix traînante:

— C'est ce que je dis, mec: c'est ringard!

Chazz restait cette petite frappe qui se prenait pour Kurt Cobain avec pour seule similitude les trous dans son jean. Les yeux dans le vague, Stéphanie hochait la tête d'un air triste.

— Et toi, lui demandai-je. Qu'est-ce que tu deviens?

— Oh, je suis dans le cinéma maintenant.

— Ah bon, comment ça?

— Je travaille pour une boîte de production.

— Mais c'est génial, dis! Et qu'est-ce que tu fais exactement?

— Oh, un peu de tout, je suis l'assistante de l'assistante d'un producteur... Je fais les courses et le café puis des fois je donne un coup de main pour le maquillage, ça dépend des jours.

Stéphanie parut gênée. Elle m'expliqua que c'était temporaire et qu'il s'agissait d'un moyen comme un autre de mettre un pied dans le milieu en attendant de se faire repérer.

— Tiens, pas plus tard que la semaine dernière, j'ai servi un coca à Édouard Baer.

— Ah oui, lui dis-je. C'est incroyable.

Stéphanie avait vieilli. Sous l'effet des nuits blanches et abus en tout genre, le tour de ses yeux avait pris une teinte grise que le maquillage ne suffisait plus à cacher. Au fond de ses pupilles, le désespoir commençait à marquer son territoire. Elle était comme toutes ces actrices qui prennent un boulot de serveuse dans l'hypothétique espoir de se voir proposer la gloire et le rôle de leur vie à Hollywood. C'était une midinette. Alors oui, travailler dans le cinéma était peut-être plus prestigieux que vendre des voitures mais moi au moins j'étais payé. J'étais peut-être résigné; elle était pathétique.

Je lui dis que j'étais content de voir qu'elle avait réussi là où j'avais échoué puis lui souris d'un air innocent. Elle détourna les yeux. Chazz la prit par la taille et lui mit la main aux fesses sans que personne y trouve à redire. Il m'adressa un clin d'œil :

— Salut VIP.

Ils s'en allèrent, titubants et arrogants, génériques d'un film vide mais fascinant. Je ne parvenais pas à les quitter des yeux. Les regarder disparaître, c'était assister à la parade d'un avenir déjà dépassé. Je n'avais rien à regretter mais pourtant...

37

Croiser Stéphanie m'avait rappelé qui j'avais été. Le trajet en métro me parut plus lugubre que jamais. J'essayais de penser à la journée qui m'attendait, impossible. J'étais comme un architecte à qui l'on annonce que les fondations de son nouvel immeuble ne sont pas aux normes du terrain sur lequel il l'a construit. J'avais réussi le temps de quelques jours à me plonger dans l'euphorie de la vente pour oublier le passé mais celui-ci était revenu me taper sur l'épaule. Maintenant, le placard de ma mémoire était ouvert et m'aspirait comme un trou noir. C'était plus fort que moi. C'était pathologique. J'entretenais des champs de regrets. Je vivais dans le passé, quitte à en oublier le présent.

C'est aussi pour ça que j'avais si longtemps vécu enfermé dans ma chambre. Ma tête était un cimetière de visages et d'instants dont je ne parvenais pas à faire le deuil. Je ne pouvais faire un pas sans regretter le précédent. M'encombrer de souvenirs supplémentaires, c'était prendre le risque de me noyer dedans. J'étais le genre à ne pas tourner la moindre page. Je préférais relire dix fois le même livre plutôt que d'en changer. J'enviais ceux qui profitaient du présent sans s'encombrer du passé car c'était le seul moyen d'être heureux. Et Stéphanie était de ceux-là.

J'avais pu voir dans son regard combien j'étais sorti de sa vie, sans y laisser la moindre trace. J'avais cherché dans ses yeux un soupçon de tendresse ou d'affection mais rien. Pas même un vide, un flou peut-être, et encore. De mon côté, je ne pouvais en dire autant.

J'étais un super héros de la nostalgie, toujours prompt à sauver l'anodin de l'oubli. Plutôt que d'en chercher de nouveaux, je repensais à mes amis d'enfance, mes amours de jeunesse et mes premiers fous rires. Je pleurais les jours anciens et maudissais les jours à venir. La mélancolie me donnait un torticolis qui m'empêchait de regarder vers l'avant. Il fallait que ça change. Adieu l'imparfait, le futur antérieur et le passé composé, il était temps pour moi d'employer le passé simple et de moins réfléchir. Je sortis du métro avec la certitude d'avoir trouvé le nœud du problème. Il fallait moins penser. C'est tout. En arrivant dans le vestiaire, je surpris une discussion du gang des prédateurs qui me confirma dans cette idée. À l'un d'entre eux qui se désespérait de ne pas séduire assez de filles, ses camarades expliquaient :

— Ton problème, c'est que tu penses avec ta tête ! Mais ça, mon vieux, ça sert à rien ! Dans la vie, si tu veux réussir, il faut que tu penses avec tes couilles. C'est comme ça.

Lorsqu'ils me virent apparaître dans l'encadrement de la porte, ils me montrèrent du doigt :

— Tiens, demande au crocodile ! Lui, par exemple, il a tout compris ! Il a fait croire à tout le monde qu'il valait rien et maintenant il nous mange tous...

Caché derrière la porte de mon casier, je me mordis la joue pour ne pas rire. Plus que jamais, le travail m'apparut comme une planche de salut.

38

Le dernier jour du salon se présenta sous la forme d'un matin gris et nuageux. Alors que j'aurais pu y voir un mauvais présage, je l'accueillis les bras ouverts. Épatés par mes chiffres de vente, les responsables de Citroën m'avaient proposé d'intégrer leur service commercial et j'avais accepté sans réfléchir. Un mois s'était écoulé depuis le jour où j'étais arrivé à la formation, les mains dans les poches et les cheveux en vrac. Quand je me regardais dans la glace, je me faisais l'effet d'un candidat de télé-réalité qui se serait prêté au jeu du relooking. Si on comparait les photos avant et après, le contraste était saisissant. Cette aventure avait fait de moi un homme. Un homme qui ne me ressemblait pas. J'étais devenu matinal, ponctuel et sérieux. Je parlais de l'entreprise en mon nom. Je disais « on », je disais « nous ». Je faisais partie du système. J'étais intégré. Plus de problèmes d'argent, plus de problèmes d'avenir, je savais où j'allais. Je vendais des voitures. Au moment où plus personne n'y croyait, j'avais fini par atteindre cet âge de résignation qu'on qualifie de raison. J'avais gagné mon pari, j'étais devenu un adulte et mes parents étaient fiers de moi. Enfin. Je gagnais ma vie. Cette dernière n'avait peut-être aucun sens mais je me consolais en pensant : elle n'en a jamais eu.

J'étais occupé à vendre une voiture à un client qui n'en avait pas les moyens. Je déballais mon boniment d'escroc, expliquais d'un ton détaché qu'on ne mesurait pas ses rêves en termes de prix, quand je vis apparaître une fille dans mon champ de vision. Blonde, élastique et l'air désabusé, je crus d'abord qu'il s'agissait d'une mignonne de plus dont le souvenir rejoindrait mon tableau de fantasmes furtifs. Mais quand je vis bouger les lèvres de mon interlocuteur sans entendre les sons qui en sortaient, je sentis qu'il se passait quelque chose. Mon cœur battait si fort que j'en étais devenu sourd. La fille s'approcha de moi sans me voir. Son visage semblait soufflé par la grâce et son allure donnait le vertige. On aurait dit la personnification d'une chanson de Leonard Cohen. Le battement de ses paupières était une mélodie que j'aurais aimé chanter sous la douche. Elle regarda la voiture que je m'efforçais de vendre, me jeta un coup d'œil et continua son chemin sans se rendre compte qu'elle avait désormais mon cœur entre les mains. Le vide que sa présence avait creusé en mon for intérieur me fit comprendre d'où venait le mal-être que j'avais éprouvé toutes ces années. Je ne l'avais pas encore rencontrée. Je voulus crier. De joie ou de peine, je ne savais plus. Cette fille m'avait fait quelque chose. Une chose que je pensais impossible. Elle avait appuyé sur l'interrupteur de mon cœur éteint.

Mon interlocuteur continuait à me faire part des inquiétudes relatives au prêt que je lui proposais quand l'évidence me frappa de plein fouet. Cette fille venue de nulle part, je l'avais déjà vue. Oui. C'était le portrait craché de Scarlett Johansson dans *Lost in Translation*. Même cocktail de pulpe et d'indolence, elle survolait le monde qui l'entourait. Elle évoluait à contretemps. Sa marche semblait un art plutôt qu'une façon pratique d'aller d'un endroit à un autre. Ses cheveux flottaient, son regard exaltait. Pour la première fois depuis que j'étais en âge d'avoir des sentiments, je lisais sur son visage l'inscription « femme de ma vie ». Mon corps était parcouru de frissons. Je n'en revenais pas.

Incapable du moindre geste, je la vis s'éloigner entre les monospaces avec le sentiment de vivre un rêve éveillé, comme si la porte entre le monde réel et celui de la fiction s'était soudain ouverte. Je me croyais dans ce clip de A-Ha où le chanteur se désincarne pour se changer en esquisse. Ma vie devenait un livre de coloriage. Un torrent de couleurs semblait couler dans mes veines. Je sortais de mon corps. Je souriais sans raison. Insouciant du bouleversement dont j'étais victime, mon client continuait à me poser des questions sur les dimensions du rétroviseur. J'aurais pu les laisser là, lui, ses questions et son haleine de requin, mais la vente était importante. Sa concrétisation pouvait conforter ma place de meilleur vendeur et la perdre pouvait me coûter cher :

— Alors, le coupai-je. Cette voiture ? Vous la prenez ou pas ?

L'homme, dont le t-shirt représentait un chien-loup, baissa les bras. D'un air las, il m'annonça que oui, ça n'était pas raisonnable mais il la prenait. Je sentis mon cerveau crier victoire au son d'un tiroir-caisse virtuel. Je lui souris de toutes mes dents que j'avais désormais longues et le conduisis au pas de course vers le bureau des achats. Le temps de me retourner, Scarlett avait disparu. La crainte d'avoir encore une fois laissé passer ma chance me fit monter les larmes aux yeux. Je courus dans la direction où je l'avais aperçue pour la dernière fois et tournai la tête en tous sens. Personne. Je demandai à Johanna où était passée la fille qui s'était arrêtée devant sa voiture. Elle me répondit qu'elle n'en avait pas vu. Une fille aussi lunaire dans un lieu si terre à terre ne pouvait être qu'un mirage. Tant pis ? Non. Je devais en avoir le cœur net. Sans prendre ma respiration, je descendis du stand pour sauter dans la marée humaine. Je partis à gauche, à droite, partout, mais sans savoir où chercher. Une aiguille dans une botte de foin aurait été plus facile à trouver. Le foin, lui, ne bougeait pas en criant : « Alors où qu'elles sont les Ferrari ? »

La foule m'empêchait d'avancer. J'étais à contre-courant. Perdu dans le flot humain d'où s'exhalaient des odeurs de jambon fromage, je regrettais de ne pas avoir délaissé ma vente pour me jeter aux pieds de cette fille. Si l'amour était un film, j'avais raté ma séance. Plutôt que d'aller la voir, j'avais préféré conclure ma vente. C'était une honte. Sa disparition était ma punition. Elle n'était plus là. Moi si. J'y vis le signe du destin que je m'étais choisi. Peut-être, après tout, n'étais-je pas fait pour l'amour mais pour la vente. Les deux m'avaient tendu les bras et, quoique je puisse en dire, j'avais spontanément fait mon choix.

39

Tout le reste de la journée, je crus voir le sosie de Scarlett au détour d'un pare-chocs ou d'un rétroviseur. Je crus même apercevoir son visage dans mon panini aux quatre fromages que je ne pus me résoudre à manger. C'était affligeant. Je me souvenais maintenant pourquoi je m'étais si longtemps méfié des sentiments : on ne pouvait pas les contrôler. À peine avais-je croisé le regard de cette fille que j'avais déjà le cœur brisé.

Je me réfugiai aux toilettes. Je tremblais comme une feuille en automne sur le point de tomber. Après quelques minutes, je décidai que j'étais trop fragile pour ce genre d'histoires. Il fallait me reconcentrer sur l'essentiel. Je ne pouvais pas gâcher tout ce que je m'étais efforcé de construire ces derniers jours sur un simple regard. Du peu que je pouvais voir, chercher l'amour m'exposait à des risques que je ne pouvais plus me permettre. C'était un coup à perdre la raison. Il fallait être rationnel. Penser profits. Travailler, c'était plus sûr. Les efforts n'étaient pas vains, la récompense certaine et les horaires décents. Au terme d'une intense lutte intérieure, je parvins à remplacer le souvenir de Scarlett par la perspective du chèque que j'allais toucher dans les jours à venir. Cette pensée me redonna le sourire. La fin de journée approchait, celle du salon aussi, l'heure n'était définitivement pas aux grises mines. Je sortis des toilettes la tête haute. Ce n'était plus le moment de la baisser.

Il ne restait plus que quelques clients sur le stand. Histoire de leur faire débarrasser le plancher, celui qu'on surnommait le jaguar eut l'idée de lancer une alerte à la bombe. Il se mit à crier, affolé, qu'ils devaient partir s'ils ne voulaient pas mourir mais son cinéma resta sans effet. Les clients le regardèrent en souriant comme s'il s'agissait d'une attraction de dernière minute et lui demandèrent:

— Was? Was ist los?

Le jaguar se retourna pour demander comment on disait «bombe» en allemand. Quelqu'un lui répondit «Frühstück» mais il n'eut pas le temps de se ridiculiser. L'horloge sonna 19 heures. Le salon fermait ses portes. Les chefs hôtes raccompagnèrent les derniers visiteurs jusqu'à la sortie et, soudain, une polyphonie de hourras monta dans le parc des expositions. Comme dans une immense reconstitution du 8 mai 1945, tout le monde se sauta dans les bras. Nous étions libres! La guerre était terminée.

Les clients avaient rendu les armes. Certains brandissaient leurs chemises en guise de drapeau blanc, d'autres se roulaient par terre en criant de joie. Dans l'euphorie du moment, certains prédateurs avaient déjà ôté leurs pantalons pour initier une partouze mais les chefs hôtes intervinrent juste à temps pour les prier de remettre leurs projets à plus tard :

— Un peu de calme ! Vous vous déshabillerez plus tard. Il reste encore la photo de fin de salon.

40

La fameuse photo souvenir... En tant que meilleur vendeur, j'allais avoir l'honneur du premier rang. On allait me voir en costume, le cheveu court et la peau nette, posant aux côtés des directeurs. La belle affaire. Comment avais-je pu laisser filer la fille de mes rêves pour un tableau si sordide ? La tête commençait à me tourner.

Sur le stand, en compagnie de mes amis qui s'amusaient à sortir le petit doigt de leur braguette, j'eus l'impression de faire fausse route. Avais-je envie de voir ma photo finir dans toutes les concessions de France avec le titre de vendeur du mois ? Avais-je renoncé à mes projets littéraires pour devenir marchand de tapis ? Préférais-je les voitures aux filles ? Voulais-je vraiment de cette vie-là ?

La nausée me fit ralentir. La tête entre les mains, je la sentis se transformer en toupie. Je pris la première porte et je sortis prendre l'air. Il pleuvait. Les gouttes, aiguilles acérées, me transperçaient de toutes parts. La douleur me foudroya et m'enjoignit de courir. Les idées que j'avais tenté de mettre au sec prenaient l'eau. Mes certitudes se noyaient. J'avais voulu jouer un rôle, faire comme tout le monde, être normal. Enfin l'imposture me rattrapait. Je pouvais mentir aux autres, mais pas à moi-même. L'argent, l'amour et la famille, dans le fond je m'en foutais. Je voulais seulement autre chose. Mais quoi ? Je l'ignorais.

Comme pour semer la détresse qui me faisait un croche-pied, je me mis à courir. À toute allure. Sans me retourner. Du coin de l'œil, je voyais défiler les deux années qui venaient de s'écouler. J'avais fait des études, une colocation et une semi-dépression. J'avais été stagiaire, érémiste, puis j'étais devenu salarié. Que retirais-je de toutes ces expériences ? À bien y réfléchir, rien du tout. Si je n'étais plus habillé pareil, j'étais toujours aussi perdu. Incapable de ralentir, je courus, courus, courus jusqu'à ce que le souffle m'oblige à m'arrêter. Là, entre deux voitures, je vomis. En regardant le résultat, par terre, je dus céder à l'évidence qui me gâchait la vie depuis tout petit : je n'avais rien dans le ventre.

Continuer à fuir ne me mènerait nulle part. Je m'en rendais compte. J'étais comme ce personnage dans la chanson de Pavement. *Everything is ending here.* Je m'étais habillé pour le succès, mais il n'était jamais venu. Je me lamentais et pourtant c'était de ma faute. Je ne passais jamais à l'action. Tout le monde s'accordait à dire qu'on ne faisait pas toujours ce qu'on voulait dans la vie. Je le savais. Mes parents s'étaient bornés à me l'expliquer pendant des années mais j'avais fait la sourde oreille.

Il fallait se ressaisir, prendre mes responsabilités, une décision. Ici. Maintenant. Incapable de trancher, je m'en remis au hasard. Mon avenir allait se jouer à pile ou face. Je sortis une pièce de ma poche et la posai sur mon poignet. Pile, je rentrais chez moi dormir dans l'attente que mon propriétaire me mette à la porte. Face, je retournais sur le stand pour embrasser la carrière de vendeur qui s'offrait à moi. D'un mouvement sec, je fis s'envoler la pièce dans une surenchère de figures acrobatiques. Je la vis retomber, le souffle coupé, luttant au coude à coude avec les gouttes de pluie. Le destin parut hésiter un moment puis finit par choisir.

41

Le photographe nous demanda de sourire. L'espace d'un instant, j'aperçus derrière lui mon avenir. Ce n'était pas mon genre mais, dans un ultime effort, je lui souris en grimaçant. Derrière moi, mon passé se décomposait sous l'effet de la résignation.

Remerciements

Fleur, pour sa présence, sa patience et sa lumière.
Jean-Baptiste Gendarme, pour ses précieux conseils et son maniement du sabre-laser.
En vrac, ma famille, mes amis, Charles, Marion, mes conseillères RMI.

Déjà parus au Diable vauvert

Catalogue disponible sur demande
contact@audiable.com

LITTÉRATURE
JUAN MIGUEL AGUILERA
La Folie de Dieu, roman, Prix Imaginales 2002, Prix Bob Morane étranger 2002
Rihla, roman
Mondes et Démons, roman
Le Sommeil de la raison, roman, Prix Masterton 2006
AYERDHAL
Chroniques d'un rêve enclavé, roman
Le Chant du Drille, roman
Transparences, roman, Prix du polar Michel Lebrun 2004, Grand Prix de l'Imaginaire 2005
Demain, une oasis, roman, Grand prix de l'Imaginaire 1993
Balade chorëiale, roman
Mytale, roman
La Bohême et l'Ivraie, roman
Résurgences, roman
JULIEN BLANC-GRAS
Gringoland, roman, Lauréat du Festival du premier roman de Chambéry 2006
Comment devenir un dieu vivant, roman
PIERRE BORDAGE
L'Évangile du serpent, roman, Prix Bob Morane 2002
L'Ange de l'abîme, roman
Les Chemins de Damas, roman
Porteurs d'âmes, roman, Prix des lecteurs du Livre de Poche 2009
Le Feu de Dieu, roman
Les Fables de l'Humpur, roman
SYLVIE BOURGEOIS
Brèves enfances, nouvelles
POPPY Z. BRITE
Self made man, nouvelles
Plastic Jesus, roman
Coupable, essai
Petite cuisine du diable, nouvelles

Alcool, roman
La Belle Rouge, roman
OCTAVIA BUTLER
La Parabole du semeur, roman
La Parabole des talents, roman, Prix Nebula 1994
Novice, roman
SIMON CASAS
Taches d'encre et de sang, récit
FRÉDÉRIC CASTAING
Siècle d'enfer, roman
THOMAS CLÉMENT
Les Enfants du plastique, roman
FABRICE COLIN
La Mémoire du vautour, roman
DENYS COLOMB DE DAUNANT
Les Trois Paradis, roman
Le Séquoia, roman
La Nuit du sagittaire, récit
DOUGLAS COUPLAND
Toutes les familles sont psychotiques, roman
Girlfriend dans le coma, roman
Hey, Nostradamus! roman
Eleanor Rigby, roman
jPod, roman
TONI DAVIDSON
Cicatrices, roman
Intoxication, anthologie
WENDY DELORME
Insurrections! en territoire sexuel, récit
YOUSSOUF AMINE ELALAMY
Les Clandestins, roman, Prix Atlas 2001
WARREN ELLIS
Artères souterraines, roman
JAMES FLINT
Habitus, roman
Douce apocalypse, nouvelles
Électrons libres, roman
CHRISTOPHER FOWLER
Démons intimes, nouvelles
CATHERINE FRADIER
Cristal Défense, roman
JOSÉ FRÈCHES
Le Centre d'appel, roman
NEIL GAIMAN
Miroirs et Fumée, nouvelles

American Gods, roman Prix Hugo 2002, Prix Bram Stoker 2002, Prix Locus 2002, Prix Nebula 2003, Prix Bob Morane 2003
Anansi Boys, roman
Stardust, roman
Des choses fragiles, nouvelles, Prix de l'Imaginaire 2010
Neverwhere, roman
NEIL GAIMAN, TERRY PRATCHETT
De bons présages, roman
NIKKI GEMMELL
La Mariée mise à nu, roman
WILLIAM GIBSON
Tomorrow's parties, roman
Identification des schémas, roman
Code source, roman
GIN
Bad Business, roman
XAVIER GUAL
Ketchup, roman
THOMAS GUNZIG
Mort d'un parfait bilingue, roman, Prix Victor Rossel 2001, Prix Club Med 2001
Le Plus Petit Zoo du monde, nouvelles, Prix des Éditeurs 2003
Kuru, roman
10 000 litres d'horreur pure, roman, Prix Masterton 2008
Assortiment pour une vie meilleure, nouvelles
NORA HAMDI
Des poupées et des anges, roman, Prix Yves Navarre 2005
Plaqué or, roman
SCOTT HEIM
Mysterious Skin, roman
Nous disparaissons, roman
GRÉGOIRE HERVIER
Scream test, roman, Prix Polar derrière les murs 2007, Prix Méditerranée des lycéens 2007, Prix Interlycées professionnels de Nantes 2007
Zen City, roman
ANDRÉS IBÁÑEZ
Le Monde selon Varick, roman
L'Ombre de l'oiseau-lyre, roman
ALEX D. JESTAIRE
Tourville, roman
AÏSSA LACHEB-BOUKACHACHE
Plaidoyer pour les justes, roman

L'Éclatement, roman
Le Roman du souterrain, roman
LOUIS LANHER
Microclimat, roman
Un pur roman, roman
Ma vie avec Louis Lanher, nouvelles
PHILIP LE ROY
Le Dernier Testament, roman, Grand Prix
  de Littérature policière 2005
La Dernière Arme, roman
Couverture dangereuse, roman
Evana 4, roman
MARIN LEDUN
Modus operandi, roman
Marketing viral, roman
LYDIA LUNCH
Déséquilibres synthétiques, nouvelles
ANTOINE MARTIN
La Cape de Mandrake, nouvelles
YOUCEF M.D.
Je rêve d'une autre vie, roman
Le Ghost Writer, roman
MIAN MIAN
Panda sex, roman
ROMAIN MONNERY
Libre, seul et assoupi, roman
JAMES MORROW
En remorquant Jéhovah, roman
Le Jugement de Jéhovah, roman
La Grande Faucheuse, roman
Le Dernier Chasseur de sorcières, roman
DAN O'BRIEN
Les Bisons du Cœur-Brisé, roman
Rites d'automne, roman
ANNE PLANTAGENET
Manolète, biographie
PRIX HEMINGWAY
Toreo de salon et autres nouvelles, anthologie 2005
Pasiphae et autres nouvelles, anthologie 2006
Corrida de muerte et autres nouvelles, anthologie 2007
Aréquipa, Pérou et autres nouvelles, anthologie 2008
Le Frère de Pérez et autres nouvelles, anthologie 2009
PULSATILLA
La cellulite, c'est comme la mafia, ça n'existe pas, bio-roman

DEE DEE RAMONE
  Mort aux Ramones! autobiographie
VINCENT RAVALEC
  Une orange roulant sur le sol d'un parking…, poème
NICOLAS REY
  Treize minutes, roman
  Mémoire courte, roman, Prix de Flore 2000
  Un début prometteur, roman
  Courir à trente ans, roman
  Un léger passage à vide, roman
CÉLINE ROBINET
  Vous avez le droit d'être de mauvaise humeur…, nouvelles
  Faut-il croire les mimes sur parole?, nouvelles
ANNA ROZEN, PHILIPPE LEROYER
  Demain, roman
  Et plus si affinités, perles
RÉGIS DE SÁ MOREIRA
  Pas de temps à perdre, roman, Prix Le Livre Élu 2002
  Zéro tués, roman
  Le Libraire, roman
  Mari et femme, roman
ALEX SHAKAR
  Look sauvage, roman
NEIL STRAUSS
  The Game, récit
  Les Règles du Jeu, nouvelles et pratique
MATT THORNE
  Images de toi, roman
MATT THORNE, NICHOLAS BLINCOE
  Les Nouveaux Puritains, anthologie
CORALIE TRINH THI
  Betty Monde, roman
  La Voie Humide, autobiographie
MICHAEL TURNER
  Le Poème pornographe, roman
TRISTAN-EDERN VAQUETTE
  Je gagne toujours à la fin, roman, Prix Goya 2003
BERNARD VARGAFTIG
  Coffret livre-DVD, poésie
CÉCILE VARGAFTIG
  Fantômette se pacse, roman
MARC VASSART
  Le Serval noir, roman

DAVID FOSTER WALLACE
Brefs entretiens avec des hommes hideux, nouvelles
Un truc soi-disant super auquel on ne me reprendra pas, essais
La Fonction du balai, roman
La Fille aux cheveux étranges, nouvelles
C'est de l'eau, allocution

IRVINE WELSH
Recettes intimes de grands chefs, roman
Porno, roman
Glu, roman

ALEX WHEATLE
Redemption Song, roman
Island Song, roman

JOELLE WINTREBERT
Pollen, roman, Prix Rosny-Aîné 2003

VO.X

JEHAN-RICTUS
Les Soliloques du pauvre

FÉLIX JOUSSERAND
Baskerville

OXMO PUCCINO
Mines de cristal

À 20 ANS

LOUIS-PAUL ASTRAUD
Gustave Flaubert à 20 ans
Jean Genet à 20 ans

MARIE CÉLINE LACHAUD
Colette à 20 ans

JEAN-PASCAL MAHIEU
Marcel Proust à 20 ans

CLAUDINE PLAS
Boris Vian à 20 ans

DOCUMENTS

COLLECTIF
D'un taureau l'autre, colloque sous la direction de A. MAÏLLIS et F. WOLFF
Postcapitalisme, sous la direction de C. AUTAIN

ANGELA DAVIS
Les Goulags de la démocratie

PATRICK HERMAN
Les Nouveaux Esclaves du capitalisme

Clinton Heylin
  Babylon's burning
Mark Lynas
  Marée montante
Cécile Moulard
  Mail connexion
Beatriz Preciado
  Manifeste contra-sexuel
Vincent Ravalec, Mallendi, Agnès Paicheler
  Bois Sacré, initiation à l'iboga
Charles Silvestre
  La Torture aux aveux
Axelle Stéphane
  Les filles ont la peau douce
Martin Winckler
  Contraceptions mode d'emploi
  Les Miroirs obscurs

Albums
Agence vu – ACF, Atwood, Doury, Eshraghi, Grignet, Leblanc
  Misère urbaine : la faim cachée
Collectif – Velay, Boissard, Gas
  Visas pour le Gard
Antoine Dole, Sté Strausz
  Fly Girls
José Frèches
  Créateurs du nouveau monde
IVM – Sous la direction de F. Ascher, M. Apel-Muller
  La rue est à nous... Tous
Deroubaix, Le Puill, Raynal
  Les Vendanges de la colère
Favier, Gremillet
  Merci patron
Seingier, Choteau, Lacène
  Secondes chances

Graphic
Jean-Jacques Beineix, Bruno De Dieuleveult
  L'Affaire du siècle T1 – Château de vampire à vendre
  L'Affaire du siècle T2 – Vampire à louer
Neil Gaiman, Dave McKean
  Violent Cases, bd
Nora Hamdi, Virginie Despentes
  Trois Étoiles

Jung Kyung-a
 Femmes de réconfort
Eddie Pons
 Scènes d'arènes
 Tout et n'importe quoi sur le cigare
Amruta Patil
 Kari

Beaux Livres
U2
 U2 by U2
Strummer, Jones, Simonon, Headon
 The Clash

Jeunesse
Collectif
 Questions d'ados
Dave Eggers
 Les Maximonstres, roman
Neil Gaiman
 Neverwhere, roman
Neil Gaiman, Craig Russell
 Coraline, BD
Ménéas Marphil
 Abracadagascar, La Fabuleuse Histoire des lunes de Pandor, t1, roman
 Le Sceau de Cyané, La Fabuleuse Histoire des lunes de Pandor, t2, roman
 Les Secrets de Gaïa, La Fabuleuse Histoire des lunes de Pandor, t3, roman
China Mieville
 Lombres, roman

Impression réalisée par

*La Flèche
en août 2010*

Imprimé en France
N° d'impression : 59337
Dépôt légal : août 2010